六祖文化丛书

刘斯翰 著

诗海禅心

——岭南禅诗小札

羊城晚报出版社
广州

图书在版编目（CIP）数据

诗海禅心：岭南禅诗小札 / 刘斯翰著. —广州：羊城晚报出版社，2012.4
（六祖文化丛书）
ISBN 978-7-80651-945-5

Ⅰ.①诗⋯　Ⅱ.①刘⋯　Ⅲ.①古典诗歌-诗集-中国　Ⅳ.①I222

中国版本图书馆CIP数据核字（2012）第044512号

六祖文化丛书·诗海禅心——岭南禅诗小札

封面题字	陈永正
责任编辑	高　玲　李　郡　黄捷生
责任技编	张广生
装帧设计	广东同文
责任校对	胡艺超
出版发行	羊城晚报出版社（广州市东风东路733号　邮编：510085）
	发行部电话：（020）87133824
出 版 人	吴　江
经　　销	广东新华发行集团股份有限公司
印　　刷	佛山市浩文彩色印刷有限公司（南海区狮山科技工业园A区）
规　　格	889毫米×1194毫米　1/16　印张9.5　字数210千
版　　次	2012年4月第1版　2012年4月第1次印刷
书　　号	ISBN 978-7-80651-945-5/I·114
定　　价	19.00元

版权所有　违者必究（如发现因印装质量问题而影响阅读，请与印刷厂联系调换）

《六祖文化丛书》编委会

主　任　顾作义　黄　斌
编　委　(按姓氏笔画排序)
　　　　马必文　刘斯翰　吴　江　何初树　林有能
　　　　罗贻乐　夏志前　倪　谦　程小琪　释传正

序

岭南虽偏于一隅，开发较晚，然以其地缘区位之胜而成为印度佛教海路来华之首站——"西来初地"，在千百年历史嬗替变迁中，素为中国佛教禅宗之重镇。岭南生六祖，实有其内在之因缘。

印度佛教于两汉时期东传华夏，开始了与儒道为核心的中华传统文化冲突、融合的漫长过程，这就是人们常说的印度佛教中国化的过程。在这个过程中，历代高僧大德筚路蓝缕、躬身践行，取得巨大成就，但至慧能以前，佛教中国化的进程终未完成。慧能在历代祖师所取得成就的基础上，以其特有的大智慧，融儒、道、佛三教文化于一炉，创造出具有中国特色的南宗顿教禅法。

慧能创立的禅宗，其思想精髓指佛为性，以清净释心性，也就把佛教从宗教信仰转变为心性修养与境界追求。正是在这一意义上，慧能真正完成了佛教中国化的过程，终于成了中国佛教的正统，成了中国佛教的代名词，六祖慧能也被誉为中国佛教的创始人。

慧能出生、成长于岭南，故作为岭南文化的重要组成部分的南禅文化，不仅促进了岭南以汉文化为主体的地域文化从渐趋成熟到全面确立，还使岭南文化长于独立思考，勇于开放求新的特色，通过以南禅文化为载体影响中原文化，增加了中原等地文化的开放度和活力。

六祖慧能之《坛经》，集中了慧能的佛禅机理，是中国南宗禅的衣钵，是唯一一部中国人写的、被誉为"经"的佛教经典，迄今有敦煌、惠昕、契嵩、宗宝四大版本传世，并有英、日、韩等多文种译本，流布世界。六祖慧能之南禅经其法嗣的弘扬，传续着南禅法脉，历千年而不衰，其中临济、曹洞两宗，不但在中国本土枝繁叶茂，还迈出国门，走向五大洲。当下寰球之禅宗弟子，无一不是六祖慧能南禅之裔孙。

同时，慧能缔造的佛禅机理和哲学思想为岭南文化注入生机和活力，成为岭南文化一面鲜明的旗帜。慧能的思想对中国宋明理学的影响至巨至深。其禅法对中国的诗歌、绘画、书法、舞蹈、音乐、建筑风格等文学艺术的影响也是深远而广泛的。以禅

入诗、入画、入书、入舞,诗僧、画僧、书僧、乐僧以及佛教建筑风格,成了唐宋以降中国文学艺术的亮丽风景。

六祖慧能对中国佛教、中国文化、禅宗及禅宗文化的发展厥功至伟,对世界文明的进步贡献良多。无怪乎当年武则天和唐中宗曾两次下诏并派特使来韶州迎请慧能入宫内供养,向慧能问法,在慧能婉辞不赴后,又颁圣旨褒扬慧能对国民教化之功;唐宋以降的历代君王,多有赐谥;唐代三大文豪王维、柳宗元、刘禹锡均为慧能撰写碑铭;中华人民共和国主席毛泽东称慧能为伟人……这一切,昭示了慧能不但是中国佛教禅宗的祖师,而且是伟大的思想家,是岭南文化一张亮丽的历史名片。

我们要宣传六祖慧能这样一位杰出的岭南历史人物。慧能虽是中国禅宗的祖师,岭南文化的历史名片,但并未广为人知,即使是岭南人,知其事迹者也不多。所以,宣传、介绍六祖慧能,让更多的人了解他、认识他,进而认识岭南文化,是今天岭南人的职责。这几年,我们在这方面做了大量工作,尤其是去年广东省委、省政府出台的建设文化强省纲要,把每年举办六祖慧能文化节作为一项重要内容。我们要利用这一平台,采取各种形式,多方面、全方位宣传六祖慧能。

如今,羊城晚报出版社出版《六祖文化丛书》,正是贯彻、实施建设文化强省纲要的一个举措。出版这套丛书有利于深入挖掘和开发岭南文化资源,塑造岭南文化新形象;有利于提升岭南文化高度,让世人从历史现实和岭南文化的视角重新认识广东;有利于向世界展示有中国特色的佛教文化。对于打造南禅文化品牌,促进岭南文化的发展、促进人的身心和谐必将有着积极的意义。

(作者系中共广东省委宣传部副部长)

写在前面的话

丛书编委会分配给我的任务，是做一本关于禅诗欣赏的集子。近年来，以禅诗为题的选本和赏析本都有出版。我想，重复做虽然省力，只是意思不大。既然六祖是我们岭南人，岭南也是南禅的源地和祖庭所在，不如试选一本岭南的禅诗。

我的计划是选一百首，本书初报的书名也就叫做《岭南禅诗百首欣赏》，后来，觉得书名太长，于是接受朋友的建议，改用今名《诗海禅心——岭南禅诗小札》。

岭南禅诗颇为丰富，保存下来的就有数千首之多，如果把湮灭在历史尘埃中的统统算起来，恐怕还要成倍翻番呢！称之为"诗海"，我看是不为过的。我所说的禅诗，首先当然是和尚诗人的作品，其次，还包括佛门以外的诗人，他们或是与僧人交往，或是到寺院游憩，或是身为居士，或是读佛经有感，诸如此类内容的诗歌。本书的选择，主要着眼于富含禅理的诗，所以命名曰"禅心"。在我看来，禅理是禅诗之所以为禅诗，也即它的特色之所在。如果随便以作者身份，或者诗题涉及寺院者入选，那么，这本书将不会有多大意思。但是，还必须照顾到诗的艺术性，和尚诗，向来有"蔬笋气"的批评，那是说它容易予人淡而无味，重于说理而缺乏文采、气象的毛病。所以，我在选诗时，便避免这类作品，以致纯说理的偈、铭也很少，而比较注重好诗，即有艺术鉴赏价值的作品。这么一来，选诗难度加大了许多，读者会留意到，多数诗人只入选一两首，即与此有关，"百首"之数的限制倒在其次。

岭南禅诗，以数量言，大量集中在明清之际。这也是读者会留意到的。考其原因，主要是在明朝覆亡、清朝初建这段时间，广东的抗清活动十分活跃，一大批士大夫参加南明永历政权，由肇庆、广州，转战到广西、云南、缅甸，历时十四年。这些抗清志士，他们或是来自外省，或是土生土长，其中大都曾经准备或考取过功名，属于饱学之士。而随着形势的变化，尤其当永历帝兵败离开广东之后，他们陆续退隐民间，一部分则遁入空门。这些"遗民和尚"，大大提升了岭南佛界的文化水平，更兼许多人都能写诗，并且有意借写诗来抒发幽愤，表达其抑塞不平之气，这就使得岭南禅诗陡然兴起。以我之见，这一批诗人及其作品，在当时的佛界，乃至于在中国禅诗

史上，都堪称一流，而且极具代表性。因为作者除了本身具有良好的诗歌修养，尤其是亲眼目睹了那场"天崩地解"的历史巨变，国家、民族、家庭、个人在这场浩劫中的惨痛经验，深深地烙印在他们的灵魂之中，然后再经过进入佛门，接受大乘禅法的澡雪、净化，所以，这一批禅诗，便具有了其他时代所无法比拟的魅力！名家如鲫，佳作如林，这也是启发我绍介岭南禅诗的重要原因。

岭南禅诗，源自六祖，其中衍说、发挥的禅理，也都与六祖思想有着千丝万缕的关系。六祖思想，由《金刚经》"应无所住而生其心"悟入，提出"无念为宗"、"见性成佛"的顿悟法门，"行食坐卧但行直心"的修行禅法，使禅理与人生紧密结合，把禅悟从繁难的形式拘执中解放出来，为广大的平民信众打开方便之门，创造了具有中国特色的人间佛教。南禅由此发展出以机锋、棒喝为特点的开悟方法，影响到岭南的禅诗，也有着活泼清新、言近意远的说理风格。本书既以"禅心"为标榜，对于诗中禅理的解说，自然成为一个重要的内容。在写作过程中，我觉得，把诗人们随感随机而表达的禅意禅理，予以剖析，一方面，可以让读者在欣赏作品的同时，对于禅宗的思想有点滴的了解；另一方面，又可以让读者在阅读全书之后，对六祖思想的若干要点，有一个较深的印象。而这正是与丛书的宗旨相符合的。

当本书即将付梓之际，我一心期望它能够受到喜爱诗歌和对六祖禅法有兴趣的读者欢迎，同时又不免有点诚惶诚恐，对于自己学识浅陋，能否胜任这件工作，实在没有把握。敬希高明大德有以赐教！

刘斯翰二〇一二年壬辰暮春于童轩

目 录

上篇

释慧能：偈	1
释 元：玉台寺	2
释希迁：草庵歌	3
释希迁：咏走马灯诗	5
释本空：心性颂	6
释文偃：北邙行	7
释蕴聪：拄杖	9
释祖心：偈	10
释希赐：靖康丙午八月廿九日游碧落洞	11
德 清：曹溪谒六祖大师二首（选一）	13
德 清：夏日过法性寺	14
德 清：澄心铭	15
德 清：山居二十首（选一）	17
释慧显：半云亭	19
释通炯：赠虚公还匡庐	20
释通炯：暮春喜晴	21
释通岸：题莹心泉	22
释通岸：永泰寺挽宥上人	24
释道丘：飞鹅岭	26
释道丘：云顶上脊	27
释道丘：入关漫作	28
释弘赞：山居（之一）	30
释弘赞：山居（之二）	31
释元觉：古镜	33

释元觉：送陈乔生之青原访药地禅师	34
释元觉：归鼎湖作	36
释一机：山居二首（之一）	37
释一机：山居二首（之二）	38
释函昰：示洪源	40
释函昰：示已锋禅人	41
释函昰：折梅	43
释函昰：刻诃林语录谢诸檀越二首（之二）	44
释函昰：溪桥古木为雨所仆戏示阿字	45
释函昰：归宗山籁一百四首（选一）	46
释函昰：题观世音菩萨像有序	48
释函昰：溢石滩夜泊与阿字顿修书怀	49
释函可：静宇师送紫榆数珠作诗谢之	50
释函可：示学人三十首（选一）	52
释函可：住金塔寺十四首（选一）	53
释函可：小河	54
释函可：招山中诸老	55
释今无：舟至胥口有鲇鱼一尾重十四斤复买放生	57
释今无：口占	59
释今无：枯吟慈修两公从丹霞奉老人命至海幢强予开法却赠	60
释今无：送吼万维那慧均典客请佛舍利于栖贤（四首选一）	61
释今无：喜吼万慧均二公从匡庐奉佛舍利还（四首选一）	63
释今严：梅花	64
释今严：石人峰腊月菊花	65
释今沼：出家日自嘲二首	66
释今覞：题赣州光孝寺廉泉	68

释今帾：出家	69
释今白：春经白寒兔	72
释今龙：山居杂咏	73
释今回：受具后作	75
释今鹙：晚步松岭	76
释今但：初到梅花庄口占寄诸法侣	78
释古诠：卓锡泉	79
释古易：扫花	80
大　汕：楼居漫兴百咏（选一）	82
成　鹫：闲居十咏（之一）	84
成　鹫：闲居十咏（之二）	85
成　鹫：借园杂咏（选一）	87
成　鹫：留别诸子还山	88
成　鹫：谒憨祖肉身	89
成　鹫：信衣	91
成　鹫：响鞋	92

下篇

张九龄：祠紫盖山经玉泉山寺	94
余　靖：送海琳游南海	96
苏　轼：南华寺	97
白玉蟾：护国寺秋吟	99
李昂英：南华寺	100
孙　蕡：寄诃林长老明静照	101
陈献章：昼睡偶成寄玉台文定上人	103
湛若水：游胜泉寺	105
黄　佐：飞来寺右林莽中寻达磨石小憩戏作一转语	106
杨起元：晓入龙华访憨山上人不遇	107
李孙宸：六如草堂	109
区大伦：梅庵	110
冯昌历：秋光赠定光上人	112
李之世：步月过天宁寺时僧有扫室相留者索笔赠之	113
何南凤：结盘谷庵书怀	114
程可则：过海幢寺访阿字丹霞大师	116

陈子升：新州国恩寺是六祖故居	118
汪广洋：光孝寺	120
杭世骏：达摩井	121
杭世骏：风幡堂	123
张　琳：发塔	124
梁佩兰：菩提树	125
叶廷枢：海珠寺晚眺	127
吕　坚：雷峰寺	128
刘统基：六榕寺	130
黄培芳：大佛寺观大佛头	131
黄玉衡：宿白云寺二首	133
樊　封：华林寺	134
招健升：宿景泰寺	136
曹秉哲：冬至后一日偕友人游大通寺	137
陈乔森：海幢寺	139

上篇

释慧能：偈

菩提本无树，明镜亦非台。本来无一物，何处惹尘埃？

这是禅宗六祖慧能最著名的一首诗。诗，在佛教中称为"偈"。要明白六祖这偈的意思，还得先从五祖传衣说起。

慧能自从听说五祖在湖北黄梅东山传授《金刚经》，就立志要去拜师。见了五祖，五祖让他先去碓房舂米。八个月后，五祖发话，要寺中各人作偈，能悟自性般若之智，即传付衣法，为禅宗第六代祖。大徒弟神秀率先写出一偈：

身是菩提树，心为明镜台。时时勤拂拭，莫使惹尘埃。

此偈以菩提树、明镜台比拟修行人的身心，说人心就如一面明镜，时时会受到六尘侵袭、蒙蔽，所以修行人要"时时勤拂拭"，祛除污染。五祖看了，认为"未见本性"。

慧能早有所悟，见到神秀的偈，便知道他未悟自性。于是借偈中的比喻，也作了一偈，就是这首诗，来表达自己的见解。

在偈中，慧能用反诘的方式说：

身啊、心啊、菩提啊、明镜啊，以及"六尘"啊，这些所谓"物"，都不是恒定不变的，都非实有，"本来无一物"。既然如此，人的心又怎么能够被六尘所污染呢？

他指出，神秀把修行人的身、心和六尘都当作实有的物来看待，并且把它们互相对立起来，这是有"分别心"，是不对的。

慧能悟到：

佛性在每个人自身中。佛性是清净的，是不受六尘污染的。

而神秀认为自性不净，要"时时勤拂拭"，这就错了。

如果照神秀的理解，就必须走一条渐修的路，一步一步，一级一级，一生二生三生，乃至无数次轮回，最后达到成佛之境。这无疑也是一条修行的路，但却不符合禅宗的主张。神秀的渐修渐悟，仍然带有佛教小乘等级观念的影响，而慧能要发扬的是释迦牟尼在《金刚经》中演说的大乘精神，即破除一切执，提倡众生平等，主张"顿悟"：任何人，只要悟到佛性在自身，佛性常清净，都可以"一念即至佛地"，以至于"放下屠刀，立地成佛"。而种种"尘埃"，由他去吧！

五祖认可了慧能的这篇偈，并且授予衣法，立他为禅宗第六代祖。

作者简介

释慧能（638—713），一作惠能，俗姓卢。唐代岭南新州（今广东新兴县）人。中国佛教南宗的开创者、禅宗之六祖。倡顿悟法门，并传《坛经》一卷，为中国僧人著述唯一称"经"之作。

释元：玉台寺

好个玉台天上月，夜深圆待老僧看。分明照出须弥路，可惜人间烟树寒。

宋明理学家论道，喜欢借月亮来做比喻，这应该是受佛教禅宗说法的影响。

佛教之钟情月亮，大概是因为月亮能够在黑夜中为人照明，有似佛法可令人摆脱暗昧而趋向光明，即从所谓"无明"的痴愚状态中超拔出来。据说，释迦牟尼在俗世时称为"月光王子"，成佛以后又曾演说《月灯三昧经》，其中以佛的身份，向月光童子说法。总之，月亮在佛教中占有着一席特殊的地位。

玉台寺，在广东新会圭峰山，寺院建在半山腰，因为圭峰山顶"挺拔玉立，其顶四方"，世称"玉台"，寺院亦以之为名。玉台寺始建于唐代，后来曾被誉为广东佛教四大丛林之一。它历经兴废，抗日战争期间被日本侵略军拆毁，至20世纪80年代中获重修，占地面积达到原来的四倍。

从地方史志记载得知，应该是释元和尚最先创寺，不过当时的玉台寺，只是一个茅庵而已。

释元和尚这首诗，即是在这茅草盖成的玉台寺，一个月圆之夜，坐禅之际，借月亮来抒发他的感想。

诗中说：

好一个玉台山的明月！它为人间照出了一条直达佛境的大道。可惜呀，四望无人，只见烟树苍茫一片……唯有我老和尚一个人独自看着它。

这首诗可以分别从两个方面看。一方面，它写出释元和尚夜深对月，孤寒冷落，和他在坐禅之中的高旷清明的妙境；另一方面，它又以诗人自度度人的悯世胸怀，对于世人的痴愚不悟，发出深沉叹惋。

我也曾听到过，修行人对坐禅中达致的，心境澄明、万念皆息状态的描述。诗人这里独自感受的，也应是同样的美妙境界。难得的是，当他禅定初回，却能提起诗笔，写下这篇佳作。

作者简介

释元，释一行弟子。唐中宗神龙初，一行至冈州圭峰（今属江门市），元等相从，结庵山巅居之，有黄云之异，因名黄云山，又称元为黄云元禅师。时五百余人，元为座首。

释希迁：草庵歌

吾结草庵无宝贝，饭了从容图睡快。成时初见茅草新，破后还将茅草盖。住庵人，镇常在，不属中间与内外。世人住处我不住，世人爱处我不爱。庵虽小，含法界，方丈老人相体解。上乘菩萨信无疑，中下闻之必生怪。问此庵，坏不坏，坏与不坏主元在。不居南北与东西，基上坚牢以为最。青松下，明窗内，玉殿朱楼未为对。纳帔蒙头万事休，此时山僧都不会。住

此庵，休作解，谁夸铺席图人买。回光返照便归来，廓达灵根非向背。遇祖师，亲训诲，结草为庵莫生退。百年抛却任纵横，摆手便行且无罪。千种言，万般解，只要教君长不昧。欲识庵中不死人，弃离而今这皮袋。

在禅宗史上，颇有几位高僧，他们不是以法号，而是以外号著称。比如"石头和尚"就是其中一个。他法号希迁，外号石头和尚，但知道他法号的人反而没有知道他外号的人多。

希迁的这个外号，来自于他的一段经历：

大唐天宝初年，希迁受邀请到湖南衡山南寺任方丈。他来到寺院，见寺东有巨石，形状就像一座高台，便在上面结庵而居。寺院不住，反要住在门外，有好好的僧舍不住，却要住在石头上。这一古怪的举止，令人们大惑不解，于是人们给他起了个外号"石头和尚"。

这首诗所说的"草庵"，就是指希迁和尚在巨石上用茅草结的庵。而这首歌，则可视作他为自己古怪行为所写的一篇宣言吧？

在诗中，希迁以"石上草庵"做话头，讲述了他所悟得的禅理。

诗开头四句，先说这草庵并非什么宝贝，不过是一些新新旧旧的茅草罢了，只是住起来很舒服。不知当时的南寺情况如何？诗人在这里似乎颇有点讽刺味道："饭了从容图睡快"，令人想象他对寺院的清规戒律不以为然。

这其实也是六祖的传统。因为六祖说过，修行就是"行食坐卧但行直心"，并且批评拘执于形式的"看心看静"的坐禅。诗人不过是加以发挥，表现得更"出格"而已。

接下去，诗人就自己做方丈而不住院的行为，作出解释。

诗人说，佛性"不属中间与内外"，是无处不在的。所以，我住在寺院和住在草庵并无区别。我住在草庵，这里就包容了"法界"（按，即人能够感知的万事万物）。

这种思想，令人记起六祖说过："人即有南北，佛性即无南北。獦獠身与和尚不同，佛性有何差别？"既然人人的佛性本无区别，做方丈，和寺院里一般僧人其实都是一样的。以为做方丈就不能住石头，正是当破的迷误。所以诗人又说，"世人住处我不住，世人爱处我不爱。"就是要启示世人，不要生分别心。他指出，这个道理，有大智慧的人都会明白，但智慧不高的人就难免要犹疑不信。

再下去，诗人对他在石上草庵修行，进一步作了解说。

诗人说，我在石头上结草庵，是要启示：修行人根基牢固是最重要的。

他又接着说，这种在"青松下，明窗内"，"纳帔襕头万事休"的写意，实在不可言表；不过，也不必向人夸耀："谁夸铺席图人买？"草庵虽好，总会有坏的时候，

正如人总有一天要离开,"回光返照便归来,廓达灵根非向背",对于超脱了生死的我来说,"玉殿朱楼"也好,"石上草庵"也罢,还不都是一样?

把诗人上述的意思概括起来,可以得出这么一个逻辑,就是:草庵不是宝贝—草庵是个宝贝—草庵不是宝贝。或者换个说法:方丈住院的执著要破—方丈不住院的执著也要破。这其实是来自《金刚经》的智慧:"破执,破破执。""执著"要破,"破执著"也要破,总之一句话,什么都不能执著。

最后,诗人说,我作这歌的根本目的,是要使世人觉悟,看破生死,了自本性:

待到"百年抛却"之时,罪孽既已尽除,"摆手便行",何等逍遥自在!到那时你将会认识你的本性——"庵中不死人"——它才是永恒的。

远至维摩诘,近至济公,以及禅宗的种种公案,在佛教里有独放异彩的一脉。它以类似荒诞的形式,表现博大精深的佛理,对听众施以当头棒喝,或者机智开导,在一本正经地说法之外,往往能收到令人喜闻乐见的效果。石头和尚这首诗,语言不避俚俗,说话颠三倒四,颇有点无厘头式的放诞趣味,而其中又含有庄严佛理。这一独特风采,也属其类。

作者简介

释希迁(700—790),俗姓陈。端州高要(今广东高要市)人。初诣曹溪,得度未具戒。属六祖圆寂,禀遗命谒青原,为青原行思禅师法嗣。唐玄宗天宝初,被荐往湖南衡山南寺。寺之东有石,状如台,乃结庵其上,时号"石头和尚"。著《参同契》,为世所称。唐德宗贞元六年(790)卒,年九十一。唐德宗赐谥无际大师。

释希迁:咏走马灯诗

团团游了又来游,无个明人指路头。除却心中三昧火,枪刀人马一齐休。

走马灯,是中国民间传统灯饰中一种别具特色且很受大众欢迎的品种。它体现了

民间制灯工匠的聪明才智：灯分为内外两层，外层固定，内层活动，利用空气冷热对流的原理，当灯内点上烛火之后，内层就会绕中轴旋转，给内层添上人物狗马，看上去就像是会走动的一般。其中又以提枪骑马的交战场面尤其惹人喜爱，故俗呼作"走马灯"。

石头和尚这诗，是借用走马灯来随缘说法的。

"心中三昧火"，在灯而言，是中心的烛火，在修行人而言，是指令人扰动不宁的内心活动。说"除却"（去掉）了这火，走马灯上不断转动的"枪刀人马"，就会一齐消失不见。以此比喻，人经过修禅，使内心趋于平静，那么种种困扰着人的烦恼心魔，也就将"一齐休"——通通了断。

如果说，后两句诗抓住走马灯的活动原理，进行说法，而十分贴切巧妙的话，前两句的比喻，也毫不逊色。

"团团游了又来游"一句话，就描写出走马灯的特点，同时，又暗喻人生世事对人的困扰。多么简单又多么精练！直使人拍案叫绝。

"无个明人指路头"，是由观赏灯饰而自然产生的联想：这些个团团打转的人物，急急匆匆往前赶路，却又不断地重复回到原处，似是缺少一个给他们指路的人啊！而诗人便从这里引出：人生世事也正如此。给世人一声棒喝，并从而引出后面的两句诗，和其中的道理来。

释本空：心性颂

心是性体，性是心用。心性一如，谁别谁共。妄外迷源，低者难洞。古今凡圣，如幻如梦。

心性，统指不变的心体，亦即所谓"自性清净心"、"佛心"或"佛性"。心与性，在佛教各派有不同的解说，而在禅宗看来，心和性毫无区别。《黄檗传心法要》中说："诸佛菩萨与一切蠢动含灵，同此大涅槃性。性即是心，心即是佛。"《南阳慧忠国师语录》记载:"(问)未审心之与性为别不别?师曰:迷则别,悟则不别。曰:经云'佛性是常,心是无常',今云不别,何也?师曰:汝但依语而不依义。譬如寒月,水结为冰,及至暖时,冰释为水。众生迷时,结性成心;众生悟时,释心成性。"

这首偈颂前四句,也是对心性的一种解说。诗人借体、用来说明心和性是一非二:心是性的本体,性是心的运用,它们是不能分开的。

第五、六句,则是引申开去,就修行的角度作解:

"妄外迷源",意思是说修行人如果不明白佛性在自身,而向外求佛,那就错了,那就将陷入迷妄。《坛经》说:"般若之智亦无大小,为一切众生自有迷心,外修觅佛,未悟自性,即是小根人。闻其顿教,不信外修,但于自心,令本性常起正见,一切邪见烦恼尘劳众生,当时尽悟。"也是说的这个意思。而其中提到的"小根人",又称"小根智人",即悟性不足、智慧较低下的人。也就是"低者难洞"之所指。"难洞",是不能洞察、看破之意。

此颂末尾说:"古今凡圣,如幻如梦。"所谓凡、圣,是指世人的考量而已,从禅宗眼里看,不悟,则无论凡、圣,都只是迷者(迷源)和愚者(难洞)。而一旦了悟,则凡和圣"本无差别"。因此,什么凡人、圣人的分别,都只不过是如幻如梦罢了!

这首偈颂,简明扼要,尤其是结语气象超迈,犹如对世人的一声大喝,令人一惊之下,回味之时,便觉有得。

作者简介

释本空,唐时人,住潮州马颊山。学于宝通。

释文偃:北邙行

前山后山高峨峨,丧车辚辚日日过。哀歌幽怨满岩谷,闻者潜悲薤露歌。哀歌一声千载别,孝子顺孙徒泣血。世间何物

得坚牢,大海须弥竟磨灭。人生还如露易晞,从来有会终别离。苦海哀伤不暂辍,况复百年惊梦驰。去人悠悠不复至,今人不会古人意。栽松起石驻墓门,欲为死者长年计。魂魄悠扬形化土,五趣茫茫井轮度。今人还葬古人坟,今坟古坟无定主。洛阳城里千万人,终为北邙山下尘。沉迷不计归时路,为君孤坐长悲辛。昔日送人哭长道,今为孤坟卧芳草。妖狐穿穴藏子孙,耕夫拨骨寻珠宝。老木萧萧生野风,东西坏冢连晴空。寒食已过谁享祀,冢畔余花寂寞红。日月相催若流矢,贫富贤愚尽如此。安得同游常乐乡,纵经劫火无生死。

  行,唐代流行的一种诗体,可歌。"北邙行"也就是"北邙歌"。诗人采用这种诗体,以唱叹的方式,宣扬人生无常,不如学佛,超越生死的劫难。

  北邙山,在河南省洛阳市北,自从东汉以后,埋葬在此的王侯公卿无数,是著名的阴宅"风水宝地"。但也成为唐代诗人讽刺世人贪恋荣华富贵的题材。较早的有初唐诗人沈佺期《邙山》一诗,诗云:

  北邙山上列坟茔,万古千秋对洛城。城中日夕歌钟起,山上唯闻松柏声。

  后面两句诗,将生人和死人的听觉对比,其讽刺意味十分巧妙。

  文偃这诗写得也很出色。

  诗可大分为三段:

  第一段,从"前山后山"起到"百年惊梦驰"止,写世人送葬之迷。薤露歌,又称《薤露行》,是汉代一种送葬歌曲,咏叹人生短促,有如薤草上的露水,刚从草尖上诞生,太阳一出,转瞬消灭,以此来抒发对于逝者的哀悼之情。须弥,佛教文献中的大山,佛经中常用它和大海一起,比喻庞然大物。《坛经》中,六祖就说过:

  人我即是须弥,邪心即是海水,烦恼即是波浪,毒心即是恶龙,尘劳即是鱼鳖……无我人,须弥自倒。除邪心,海水竭。烦恼无,波浪灭。毒害除,鱼龙绝。

  诗人在这里并非如六祖一般说理,只是说,像大海啊,须弥山啊,这些看似永恒的东西,竟然都会磨灭消失!渺小的人身又算得了什么?

  第二段,从"去人悠悠"起,到"长悲辛"止,写世人厚葬之迷。"五趣"句,即是说六道轮回周而复始、循环不已。六道,佛教中指"天、阿修罗、人、畜生、饿鬼、地狱",把其中的天和阿修罗合在一起,便称之为"五趣"。

  第三段,从"昔日送人"起到"余花寂寞红"止,写世人祭拜之迷。

  最后四句是尾声,也是点题。常乐乡,永恒的快乐之乡,即佛教所说的"西方极乐世界"。劫火,佛经中说,世界每经历一段长时间,就会进入坏劫时代,这时发生

大火,把整个世界烧成灰烬。诗人说:如果到达常乐乡,就能远离这一劫难。

对于如何到达西方极乐世界,六祖在《坛经》中有精辟的理解,他是这样说的:

迷人愿生西方,不知东方西方者,所在处并皆一种,心地但无不净,西方去此不远。心起不净之念,念佛往生难到。除十恶则行十万,无八邪即过八千。但行直心,到如弹指。使君但行十善,何须更愿往生?不断十恶之心,何佛即来迎请?若悟无生顿法者,见西方只在刹那。不悟顿教大乘,念佛往生路远,如何得达!

佛是自性作,莫向身(外)求。自性迷,佛即是众生。自性悟,众生即是佛……自心地上觉性如来,施大智慧光明,照耀六门清净,照破六欲诸天,下照三毒若除,地狱一时消灭,内外明彻,不异西方。不作此修,如何到彼?

大意是说,如果执著于"愿生西方"这个想法,即是迷人。其实,佛也好,西方也好,都在每个人自己心里。只要修心行善,断除邪恶不净的念头,明心见性,就能内外明彻,和到达西方没有什么区别。

诗人的意思当然也是如此。

和沈佺期的含蓄委婉不同,文偃此诗采用显豁直白、反复申说的表达方式,而且写得形象丰富,流畅生动。它易读易懂,却又与一般劝世的佛偈迥然不同,佛家用语不算多,说教味也不算浓,令人朗读之下,不知不觉地受到感染。

作者简介

释文偃(864—949),俗姓张,原籍姑苏嘉兴(今浙江嘉兴市)。年十七依空王寺志澄律师出家。及长,落发禀具。往参雪峰,为青原下六世,福州雪峰寺义存禅师法嗣。后出岭,住岭南韶州云门山光奉院,创云门宗,在韶州弘教前后达三十余年,南汉乾和七年(949)卒,年八十六。谥大慈云匡真弘明禅师。

释蕴聪:拄杖

我有一条拄杖,亘日横按膝上。大小节目分明,头尾无非一样。卓下大地豁开,竖起擎抬万象。闹市若遇知音,回头擗脊便棒。

民间流传一句话："老乡见老乡，两眼泪汪汪。"用来形容同乡感情浓厚。近年，又出现了一句话："老乡见老乡，背后打一枪。"用来讥讽那些利用同乡之情，反来坑害自己老乡的所作所为。

这两句话虽然一正一反，却都离不开"老乡"这个特定的关系。假如没有同乡这层关系，人们之间或相助或相害，就都与这两句话不相干了。

说了这一通，现在我们再来看上面这首诗。诗前面六句，意思比较明白，无非是借用一支普通的拄杖，来比喻人的本性（即六祖所谓"见自本性"的本性）。这个本性也就是佛性，是人人都有的，它"神通广大"：能够破开大地，撑起万象！

奇怪的是最后的两句："闹市若遇知音，回头擗脊便棒。"若在闹市里遇上极要好的朋友，那我会用这拄杖从背后给他一拐！这意思，从表面上看，和前面说的"老乡见老乡，背后打一枪"，几乎是一样的。

自古都说知音难求，鲁迅先生甚至认为："人生得一知己足矣。"诗人却说，遇上知音，要从背后给他一棒。这实在是太不近人情了。那么，诗人到底想说什么呢？

其实，这还是一个拿拄杖来做的比喻。

从佛禅的立场看，世间万物都是心的幻相、假象。它们与我的关系是并无亲疏之别的。就像闹市中众多的人，其中也没有亲疏之别。你要是有了亲疏之别，比如说遇上知音了，这就是分别心在作怪。这个"知音与市人"的区别，对修行人来说，就是个迷障，要不得，必须把它破掉："回头擗脊便棒"。诗人要说的，其实是这个意思。

如果再加推广，则诗人还有一层意思，就是说：本性是人人都有，人人都一样的。不要以为自己的本性有什么特殊，与别人的不同。这便是大乘佛教的"众生平等"，以及六祖所说："一念若悟，即众生是佛。"（按，悟，就是"见自本性"。）

禅宗流行有"棒喝"的顿悟法门。一句乍听令人摸不着头脑的话，却可以使人开悟。这首诗的结语便是运用了"棒喝"法。

回过头去看，如果我们不执著于"同乡"这个观念，以平等心看待他人，也就不会陷入迷糊，以致被人借"同乡"的幌子坑害，甚至跟随他去做坑人的坏事了。这也算是这首诗给我们的一个启发吧。

作者简介

释蕴聪（965—1032），俗姓张，南海（今广东佛山市南海区）人。曾参百丈道常，继参首山省念，大悟，嗣其法。后游方，历参洞山守初、大阳警延、智门师戒。宋真宗景德三年（1006），住襄州石门山。天禧四年（1020），移住谷隐山太平兴国禅寺，卒谥慈照禅师。

释祖心：偈

镜像或谓有,揽之不盈手。镜像或谓无,分明如俨图。

在人们日常使用的诸多器具当中,镜子是一件最具哲理意味的用物。

曾见过这么一个录像片断:一只黑猩猩捡到了一把镜子,在里面照见自己,它却不知道那就是自己的模样,以为是自己的一个同类,拼命伸手到镜子背后去抓,想要抓住它。人比黑猩猩聪明,知道那是自己的影子,但是,对着镜子,他却会生出别的联想来。

比如,这首偈便是从照镜子得到启发而写成的。诗人说:

你看这镜子里的样子,他就如同你自己一样,难道在那里头真的有一个你吗?

可是,当你伸出手去,却被镜子碰了回来,手里空空的,什么也抓不着。

这么说来,镜子里的像是虚幻的,其实里头什么也没有。

不过也怪,他是那么真实,又会笑又会愁,就像是一幅活的画图!

诗人这偈,是借镜像为喻,解说有无的禅理。

他说,"有"和"无",都只是世人的一个说法("谓")而已,劝人不要执著。

《红楼梦》里有一副对联写道:

假作真时真亦假,无为有处有还无。

正是这个偈要说的意思。

作者简介

释祖心(1025—1100),号晦堂,俗姓邬。南雄始兴(今广东始兴县)人。本为儒生,年十九而目盲,父母祷于佛,愿舍出家,乃得复明,往依龙山寺沙门惠全。曾随云峰悦禅师、黄檗南禅师。后继席黄龙。宋哲宗元符三年(1100)卒,年七十六。赐号宝觉。

释希赐：靖康丙午八月廿九日游碧落洞

难到不难到，一游成屡游。人间常局束，物外恣冥搜。白隐团团露，清涵寸寸秋。丹砂无问处，骚客冷猿啾。

碧落洞，在英德县燕子岩山区，是一个天然的石灰岩溶洞，山明水秀，传说东晋道教宗师葛洪曾在洞中垒灶炼丹。后来更成为唐宋间一处游览胜地。唐末，周夔偕贞阳县令侯著同游此洞，写下《到难篇》，刻于洞壁之上，为保存至今的最早的题诗。南汉国君刘晟出巡英州，曾游此洞，传说"碧落洞"的名字就是刘晟所赐。北宋著名文学家苏东坡于元符三年（1100）被赦北归，带着幼子路过英州游碧落洞，题有《碧落洞》诗二首，其中一首刻在洞中石壁上，至今犹存。希赐和尚游览此洞并题诗，则是又过了二十余年之后。

了解了上述背景，现在我们来看看希赐和尚的这首诗。

诗一开头就引用了周夔的故事。诗人加以发挥，说：

碧落洞难到吗？不难到。你看，自从周夔一游之后，人们不是接踵而来，并且一游再游？

接着诗人又顺势写出自己的感受：

人们一定是苦于人间争名夺利、明争暗斗，还有种种世网的约束，不自由，所以到大自然的怀抱中来，寻幽探胜，尽情释放身心吧。

诗人出游的八月廿九日，大概正是白露节气，所以五、六两句笔锋一转，描写碧落洞的宜人秋景：

山间草木沾洒着团团的白露，洞中流淌的溪水，清澈见底，有如寸寸秋色……

至此，诗人陷入了对往古的追怀：

东晋葛仙翁曾经在此垒灶炼丹，而被放流的大诗人苏轼也留下了永恒的足迹。但是，这一切都早已烟消云散，眼前只剩下一片青山绿水，和几声凄厉的猿啼。

希赐和尚的身世，由于记载简略，十分模糊。从这首诗看来，他同时又是一位文学修养很深的诗人，可惜，其他作品都已失传，只有这一首诗流传下来。

作者简介

释希赐，号廓如。真阳（今广东英德市）人。宋钦宗靖康元年（1126）尝游本邑碧落洞。宋高宗绍兴年间，洪迈寓英州，曾与之交往。

德清：曹溪谒六祖大师二首（选一）

曹溪滴水自灵源，流入沧溟浪拍天。多少鱼龙从变化，源头一脉尚泠然。

明万历二十三年（1595），憨山因奸人诬告，被流放广东雷州。他在途经粤北韶关之时，到曹溪南华寺参拜六祖真身，并写下两首诗记录自己的感想。

这里选了其中的一首，在诗中，憨山对于六祖所开创的禅宗顿教，由衷赞美。同时，又对南华寺祖庭的衰败，深致感慨。

诗的前两句，追述了六祖开山，以及后来南禅的壮大。诗人自撰《年谱》记载：万历二十四年（1596），51岁的他，戴罪从山东崂山南下，翻过五岭，"至韶阳入山礼祖，饮曹溪水"。水源，常被喻为宗派的策源地，曹溪，也就常被作为禅宗顿教的象征。因此，诗人说：

曹溪每一滴水，都来自智慧之源。

也即是说，禅宗顿教思想溯源于六祖。

六祖在曹溪弘法，世称南禅。经过唐末五代之乱，佛教各大宗派都已衰微，唯有南禅一枝独秀。曹溪禅法，在宋代以后大行其道，成为中国佛教的主流大宗。南禅之所以能有如此强大的生命力，根本原因在于六祖将佛教大乘思想与中国人的思维习惯相结合，创造出了具有中国传统思想文化特色的佛教宗派。这便是诗人形容的——

流入沧溟浪拍天。

诗人如今来到六祖像前参谒，又亲口饮到了曹溪的水，内心非常激动。而同时，他目睹南华寺的破败景象，又感慨万分。憨山在《年谱》中一再说："粤人不知敬佛"，应该就是当时的实际情况。

诗的后两句，正含蓄地抒发了诗人的感慨。

六祖示寂以后，禅宗顿门出了多少高僧大德，影响越过五岭，北上中原，遍布全国各地，甚至于东传海外。正所谓"鱼龙变化"，迥非往昔！

可是，曹溪南华寺，这个宗派源头，六祖真身供奉之地，却是如此冷落——

源头一脉尚泠然！

这句诗，一面固然包含着对于曹溪和六祖思想的赞叹。然而，另一面则是隐约表达了诗人的一些遗憾之情。

若干年后，憨山受南华寺迎请，出任住持。他不负所托，毅然肩负起重建寺院的重任，为之竭尽全力，成为复兴南华寺的功臣，这是后话。

作者简介

憨山大师（1546—1623），法名德清，字澄印，明代"四大高僧"之一，俗姓蔡，安徽全椒人。十九岁出家，初往栖霞山，后云游各地，喜五台憨山神奇秀丽，因以为号。万历十四年（1586），朝议于牢山建海印寺，以憨山主持之。二十三年（1595），因"私修"庙宇获罪，充军广东雷州，在粤弘法五年，后赦还牢山。天启三年（1623）圆寂，享年七十八。

德清：夏日过法性寺

菩提树下风祛暑，般若台前雨送凉。一盏清茶诸想灭，更于何处觅西方？

《坛经》里记载了这么一件事：

韦刺史问："弟子常见僧俗常念阿弥陀佛，愿生西方。请和尚说，得生彼否？愿

为破疑。"

六祖回答:"当然可以。你们愿意眼前便见到西方极乐世界吗?"韦刺史和信众们充满期待,只见六祖轻描淡写地挥一挥手,说:"西方就在这里,看见了吧!"在众人错愕、迷惑之际,六祖启发他们说:

"佛是自性作,勿向身外求。"修行人但能"自心地上觉性如来,施大智慧光明,照耀六门清净,照破六欲诸天,下照三毒若除,地狱一时消灭,内外明彻,不异西方。"

他指示世人,不要执著于"西方"、"东方"。"东方人但净心无罪,西方人心不净有愆"。所谓"西方",乃是指没有烦恼,没有痛苦的清净、光明的境界,这个境界,就在每个人的心中。只要修心向善,持这善心做人做事,什么烦恼、痛苦都会消灭,心地内外明彻,就和到了西方没有两样。

憨山来到六祖曾经说法的法性寺(按,即今广州的光孝寺),自然想起这段公案,并随手写下这首诗,表达他的会心之处。

他是在夏天一个炎热的日子,来到寺里。其时正遇一场"白撞雨"(粤语,即过云雨)刚过,憨山甫一入门,立即感受到这里清凉的空气,精神也为之一爽。他缓步而行,来到那棵著名的菩提树下。当年,梵僧智药三藏从西方携来此树,栽种在戒坛畔,并预言:"一百七十年后,将有大乘菩萨在此树下受戒。"后来,六祖现身弘法,便是在这菩提树下剃度。

这时,寺里的和尚奉上清茶一杯。憨山于是触动灵机,开口说道:

一盏清茶诸想灭,更于何处觅西方?

此地便是清凉世界,种种人生烦恼,有如酷暑雨过,炎热顿息,诸想俱灭。亦同六祖当日所言:

但愿自家修清净,即是西方。

诗人在这首诗里,通过"炎暑"与"清凉"的对比,既赞叹了法性寺这个修行胜地;又借喻为"烦恼"与"清净"的对比,宣示了六祖的"西方"思想。他说:只要自心清净,何处不是西方?眼前这法性寺就是西方,还要向何处去寻找西方啊?

德清：澄心铭

真性湛渊，如澄止水；憎爱击之，烦恼浪起。
起之不休，自性浑浊；烦恼无明，愈增不觉。
以我取彼，如泥入水；以彼动我，如膏益火。
彼乱我真，乱实我生；我若不生，劫烧成冰。
是故至人，先空我相；我相若空，彼从何障。
忘我之功，在乎坚忍；习气才发，忽然猛省。
省处即觉，一念回光；扫踪绝迹，当下清凉。
清凉寂静，挺然独立；恬澹怡神，物无与敌。

"澄心"，意思是通过修行，把心灵的浑浊消除，恢复它原来的安定明彻。铭，这里有类似座右铭的作用，是让修行者经常记诵的一篇法偈。

这篇铭，以四字为一句，四句为一节，押韵。所以其实也可视为一首四言诗。

前四节，讲述了心性何以陷于浑浊。

大师说，人的真性本来是一清到底，就像静止不动的水。人由于有爱憎之情，惹起各种各样的烦恼，这烦恼就把心搅浑浊了。

这就好比取来泥土放到清水之中，又比如往灯火里添灯油，烦恼不断添加，心的迷糊也愈益严重。

大师说，这种混乱其实是源于人自己，假如人不轻易动爱憎的念头，就不会惹来那许多烦恼。你只要不动心，劫火即化为寒冰。

第五节，是讲说佛法。

大师说：

是故至人，先空我相。我相若空，彼从何障？

至人，指得道之人，也即《坛经》里说的"大善知识"。佛教修行，有"离四相"的说法，即"无我相、无人相、无众生相、无寿者相"。六祖在解说《金刚经》时曾说到：

迷人恃有财宝、学问、族姓，轻慢一切人，名我相。虽行仁义礼智信，而意高自负，不行普敬。言我解行仁义礼智信，不合敬尔，名人相。好事归己，恶事施于人，名众生相。对境取舍分别，名寿者相。是谓凡夫四相。

六祖又指出："有四相即是众生，无四相即是佛。"憨山这里说的"先空我相"，就是要克服"执著自己之长，轻视他人不如己者"。他认为，一个人只要保持谦虚，不自以为是，不坚持己见，多听取他人的意见，所谓"兼听则明"，也就不会陷入迷障之中。

以下数节，是说修行的方法。

大师强调，根除轻慢之心，实行普敬众生，要有坚韧不拔的意志力。坏习惯一冒头，马上就能警觉，并把它消除。这样做了，当下就能离烦恼，而达于清凉寂静之境。也即是：

挺然独立，恬澹怡神。

这样，外物也就不能入侵，来迷惑你、障蔽你、扰乱你了。一切烦恼都将不能为患，而你在它们面前，将立于不败之地，所向无敌。

据憨山自撰的《年谱》记载，当初他被流放到广东，遇上一个也是被流放的大参（按，即参将，明代官名），叫丁右武，江西人。丁大参早就知道并且十分仰慕憨山，两人一见如故，成为莫逆之交。大参为人刚直，又是个急性子，遇上不平，咆哮暴怒，不可遏止。他虽然很尊敬憨山，却对佛法一窍不通。后来，丁大参获得赦免，即将返回家乡，两人在舟中话别。憨山想到分手以后，不知何时才能再见，本着慈悲之心，朋友之道，用佛法开导他，痛下训诫。憨山的一席话，使大参幡然大悟，当即要求皈依佛门，憨山给他起了法名，称为"觉非"，又作了这篇《澄心铭》，让他回去好好念诵。

由此可知，这篇诗铭，凝聚了憨山对于修心的体会。而大师又专门在《年谱》中提到它，其重要性不言可知。

德清：山居二十首（选一）

一念忘缘寂寂，孤明独照惺惺。看破空中闪电，非同日下飞萤。

憨山大师尝作山居六言诗二十首，今只拈出这首，原因也简单。因为他曾经把这首诗写成条幅，而且这幅书法流传了下来，成为憨山书法的名作。近世维新派领袖、大学者梁启超偶然得到了它，极为高兴，不但郑重加以装裱收藏，而且题跋一通，曰：

憨山法师手书遗偈，饮冰室藏。憨山大师以法事因缘谪戍吾粤，中兴曹溪，晚岁虽一度逾岭，入衡庐诸岳弘法，然卒归示寂于曹溪，盖师与吾乡胜缘深矣。遗墨传世已少，得此窃自意。辛酉（1921）正月，启超记。

又题上"憨山法师手书遗偈"，这幅书法现收藏在台湾一个私人博物馆里。

诗的前两句，写山居坐禅。

诗人刚从入定中回过神来，凝视着室内一盏灯烛，此时，他只觉得心念一片空明，万缘皆寂。而这一点灯火就像好朋友，睁着明亮的眸子，静默无语，向他注视。恍惚之间，六祖的话掠过诗人脑际：

定慧何等？如灯光：有灯即有光，无灯即无光。灯是光之体，光是灯之用。名即有二，体无两般。此定慧法亦复如是。

我此法门，以定慧为本。第一勿言慧定别，慧定体一不二。即定是慧体，即慧是定用。即慧之时定在慧，即定之时慧在定。

他心下豁然，觉得此时由入定获得智慧，就像面前的这灯光一般。于是顿生和这灯惺惺相惜的亲切之感。

诗的后两句，诗人顺势抒发了他出入禅定的所得。

他作了一个比喻：空中的闪电，不同于阳光下的萤火。

这是什么意思呢?我们知道,当出现闪电的时候,天空乌云密布。这就好比人在迷障之中,头脑里一片阴云蒙蔽,分不清东西南北,分不清是非对错。这时,智慧就如同闪电一般,它劈开迷雾,照亮天地。

正如《坛经》中说:

自性心地,以智慧观照,内外明彻,识自本心。若识本心,即是解脱。

若汝得自悟,当起般若观照,刹那间妄念俱灭,即是自真正善知识,一悟即至佛地。

这种发自本心的大彻大悟,哪里是太阳底下的萤火所能够比拟的呢!

对于僧人来说,诗也就是偈语,它含蓄简要,生动传神,容易背诵。憨山大师用此诗偈,现身说法,阐述了六祖在《坛经》里说的道理。试在闲时反复念诵它,必有所悟。

释慧显:半云亭

寂寞山中久悟禅,无声花雨湿经筵。忽闻松鹤云间唳,天满蟾光午夜圆。

半云亭,当为飞来寺旧筑。诗人夜晚在此打坐,因为有所悟而写下这诗,于是随手以亭作了题目。

静坐参禅的人,一再描述过入定时的奇妙感受。那是一种完全忘我,因而也忘记尘世的存在,只感受到大自然的自在无为,和心灵的虚静无念。那种"忽然敛手无言说"的境界,也许只能用"恍然大悟"来比喻的。

诗人在这首诗中描写的,就是这种忘怀一切,而胸中明如皎月的,禅定中的愉悦:

一个暮春日子,诗人来到亭中坐禅,其时正微雨霏霏。细细的雨滴连同落花悄无声息地飘洒,把经筵一点点濡湿。

诗人悠然想起，自己来到这深山之中，在这寂寞之中打坐参禅，不知道经过多少日子了。

……………………

也不知过了多久，他忽然听见一阵嘹亮的鹤唳，似是在苍苍的松树林中传出，又似在中天的白云之间萦绕。

诗人睁开双眼望去，雨不知什么时候已经停止，但见一轮满月，光华四射，照彻了午夜的天空！

禅境如诗境，那种美，读者自可去咀味。

作者简介

慧显，广东南海人。俗姓霍。住持峡山寺，明英宗正统年间护清远僧会司。寿八十九。

释通炯：赠虚公还匡庐

恋此东林社，应怀出世才。刹那诸漏尽，初地一花开。飞鸟迎归锡，游龙识渡杯。未须怜去住，知为众生来。

虚公，原是庐山东林寺的和尚，来广州华林寺修习禅法。诗人与之交往，当其重返庐山之际，写下此诗送别。

初看上去，诗人对虚公十分推重，说他怀抱出世之才，说他深得禅宗的旨趣，想象虚公归到庐山，那里的飞鸟、游龙都来迎接。

不过，诗中的个别字眼却逗漏了不尽认同的消息：说虚公"恋"东林寺，说他"应"具有出世之才，不无保留和针砭。

因为僧人不应有贪恋之念，佛教有"空桑三宿"的典故，说僧人不在桑树下住宿超过三天，以免产生留恋之心，就是一个警戒之喻。

"应该"不等于实有，"出世"又岂宜言才？令人终觉似褒非褒。毋宁说，这是一种委婉的批评。

"刹那"二句是概括禅宗的顿悟要旨。

刹那诸漏尽，即六祖说的："若汝得自悟，当起般若观照，刹那间妄念俱灭，即是自真正善知识，一悟即至佛地。"也即是顿悟成佛的意思。

初地，指禅宗初祖达摩从印度乘船西来，抵达广州上岸后，结草为庵之所，亦即后来在原址修建的华林寺。一花开，即达摩创立的禅宗，《坛经》记载六祖引述达摩作的颂，说："吾本来唐国，传教救迷情。一花开五叶，结果自然成。"

诗人在这里特别引述达摩祖师，也有深意的，就是达摩离开故国，不远千里来到中国传教，最后在中国示寂。这就树立了"不恋"的榜样。由此来看，诗人是又一次痛下针砭。

"飞鸟"二句，想象虚公归庐山受到欢迎。

这是诗人故意稍稍放松一笔，因为虚公成行既已不可挽留，而诗人也觉得自己不宜过于执著。

但在最后二句，诗人还是更明白地说出了对虚公的告诫：离开，还是留下，无须动情伤感。要记住，我们的一切行为，都是为了普度众生啊。

诗人何以对虚公此行耿耿于怀？也许是，诗人认为虚公其实并未完成修禅的学业，为他半途而废深感惋惜吧？

作者简介

通炯（1578—1639?），字普光，号寄庵。广东南海人。俗姓陆。憨山大师弟子，后居光孝寺。

释通炯：暮春喜晴

草青沙白竹林幽，杖锡行歌纵远游。荒径湿云迷腊屐，小溪新水涨渔舟。花枝嫋嫋惊蝴蝶，荷叶团团起鹭鸥。回首杳然尘世外，坐忘天地一蜉蝣。

从题目看，这诗是通炯和尚在暮春，一个久雨初晴的日子，抒写他喜悦的心情。诗人虽在喜悦之中，却并未忘记他僧人的本色，所以写来自有其情趣。

诗一开始，就写出了诗人的"喜"。

他携着禅杖，一边走，一边放开喉咙唱歌。他打算尽兴游逛，能走多远就走多远！在他眼前，是青的草、白的沙、幽深的竹林。

三、四句，续写雨后出行，"迷"字、"新"字，忧喜交杂。

天上，雨云还未完全散去，地上，野草经雨疯长，漫上了小径。

路在何方？他迟疑地停住脚步。

小溪却不停留，它涨满了新的雨水，哗哗地向前流去。

诗人叫住一只小渔船，坐在船上，沿着小溪继续向前。

五、六句，行踪乍隐而色彩缤纷，热闹中"喜"气洋溢。

两岸开放着数不清的野花，细柔的花枝在风中摇曳，引来了许多蝴蝶，在花间翩翩起舞。

水中荷叶已经长了出来，圆圆的，像是小溪撑着无数绿色的伞。一双鸥鹭被渔船惊吓，从荷叶底下飞了出来……

最后两句，是诗人抒发其感想。

如果说，在前六句中，除了"杖锡"二字之外，没有更多僧人身份的标示。那么，在结尾，就颇似"图穷匕见"一般，露出了诗人的本色：

回首杳然天际外，坐忘天地一蜉蝣。

诗人看见飞舞的蝴蝶、飞翔的鸥鹭，何等轻松快乐、自由自在，便觉得自己坐小船顺流而行，也与它们相似。此刻，他忘却了自己：哈哈！我是一只超尘出世，游荡于天地之间的蜉蝣。

蜉蝣，古人说它"朝生夕死"。"坐忘"，语出《庄子·大宗师》，指在修行中所达致的物我两忘的境界。诗人虽然借用《庄子》的用语，表达了对无限自由的向往，却并不像庄子那样，将自己比喻为巨大的鲲鹏。相反，他将最为微末的小虫拿来自比。"天地一蜉蝣"，脱胎自苏轼的《前赤壁赋》："寄蜉蝣于天地，渺沧海之一粟。哀吾生之须臾，羡长江之无穷。"

苏轼的情怀是消极悲观的。但是，我们看到，它在诗人笔下，却呈现出轻松愉快的"喜"色！因为，诗人已经勘破生死，不再受尘世烦恼的困扰。

释通岸：题莹心泉

　　一脉灵渊秘，千秋镇若斯。光涵明月夜，清与白云期。远洽藏春坞，平分浴鹤池。悠然心赏处，尘世未曾知。

南宋著名理学家朱熹写过一首诗《观书有感》：

半亩方塘一鉴开，天光云影共徘徊。问渠那得清如许，为有源头活水来。

诗虽然说的是读书可使人明白事理，但其中却描写了人心与天理合一的境界：那半亩方塘好比读书人的心，它有如一面明镜，反映、涵容着大自然——天光云影。朱熹早年学过佛，虽然后来转而学儒，佛禅思想还是留下了形迹。

诗人的这首诗，与朱熹诗颇有几分相近，都是用水、光和云来构筑意境，都是借水比喻悟道之心。所不同之处，朱熹用活水比喻源源不断的书本知识，而诗人则用泉水比喻与万物为一的佛性。

莹心泉，是诗人朋友吴隐君私家园林里的一景，大约也是吴氏自己命名的。命名本身，就已把泉水与修心养性联系起来了，于是，诗人便借此加以发挥：

在禅宗看来，心性本净，就如"一脉灵渊"（即泉水）。它是永恒不变的。

它是如此光明，就像黑夜的月亮；它是如此清澈，等待白云来照影。

它流经藏春的山坳，灌溉了那里的草木；它注满了池塘，常常有白鹤飞来洗浴……

多么赏心悦目的去处啊，竞逐名利的世人却不知道，只有我与它悠然相对。

这确实是一首题咏莹心泉的诗，不过，我们又何妨把它看作一首赞叹人心—佛性的诗？

释通岸是一位兼通儒佛道的和尚，善论《庄子》的《逍遥游》篇，喜与文士交游，颇效晋代僧人之风，又擅长写诗，尤喜描写自然风景。他曾与粤中诗界名流陈子壮、黎遂球等结南园诗社，清谈赋诗。他长期住在广州城外的光孝寺中，1646年清军围攻广州，一轮火炮，摧毁了光孝寺。次年，他的诗友、广东三忠之一陈子壮抗清兵败被俘，不屈而死。不久，诗人亦以八十一岁高龄辞世。

作者简介

通岸（1566—1647），字觉道，一字智海。初随庐山憨山大师为徒，作书记。后居光孝寺栖云庵。

释通岸：永泰寺挽宥上人

年来几度得招寻，拟结茆茨共息心。雨过密林怜旧约，月明修竹想闲吟。鹤归似响云中锡，人去空留壁上琴。石火电光非久焰，只应遗恨暮云深。

这是一首和尚哀挽和尚的诗。

宥上人是作者的好朋友，也是一位会写诗的诗僧，从诗中看，知道他们曾经有过一段不浅的交往。当宥上人谢世，诗人来到寺里吊丧，追念往事，满怀悲痛，因而写下了这首诗。

诗前半先作回忆。

一开头，就提及他们之间的相知之深。近一年来，宥上人曾经多次邀约诗人来寺小聚。

他们在刚下过雨的树林中漫步，观赏山林美景，那时候，宥上人盛情邀约，诗人来寺中一起修行。

诗人又记得，在月明如水的清夜，他们在竹林里席地而坐，宥上人诗兴大发，于是两人更相酬唱，直到东方发白……

诗的五、六句回到眼前。

诗人如今再来寺中，而宥上人已经去世。这里用了两个典故：

"鹤归"，又名华表鹤归，出自东晋陶潜的《搜神后记》。记载汉辽东人丁令威，

学道于灵虚山,成仙后化鹤归来,驻足城门华表柱上。时有少年举弓欲射,鹤作人语说:"有鸟有鸟丁令威,去家千年今始归。城郭如故人民非,何不学仙冢累累。"后借指人去世。这句说,宥上人去世,诗人来凭吊,恍惚还能听见半空中传来他携着锡杖离去的声音。

"壁上琴",借指"人琴俱亡"的故事,出自《世说新语》。故事记载王子敬去世,他的兄弟王子猷来奔丧,一屁股坐到灵床上,拿过子敬的琴就弹了起来,但琴音不能调协,他把琴一扔,说:"子敬啊子敬,你人和琴都没了!"于是伤心痛哭不已。这句说见到宥上人的遗物,感到十分悲伤。

最后二句,诗人抒发感慨。

人生的短暂,如同闪电,又如燧石敲击的火花,它不是长明不灭的火焰。

我也只有把这悲痛和悔恨,深埋在傍晚那片阴暗的云朵里去。

读者或许会感到不解,出家人四大皆空,视死如归,为什么还有这样的悲哀、伤痛之情?

《坛经》中记载六祖将灭度时,与门人告别,"法海等众僧闻已,涕泪悲泣",六祖加以劝导。直接追随、亲受六祖教诲的众僧尚且如此,其他的人于生离死别之际伤心感泣,就更不奇怪了。

其实,六祖早已说过:

为人本性,念念不住,前念、今念、后念,念念相续,无有断绝。若一念断绝,法身即离色身。

莫百物不思,念尽除却。一念断,即别处受生。

意思是说,只要有现世这个肉身,人就不可能断绝七情六欲之念。生离死别的悲情亦是其中之一。怎么办呢?六祖主张"无念",即"于念而不念",也即是"于自念上离境,不于法上念生"。以笔者理解,既然人不能断绝七情六欲,关键在于不要执著于它不放,也就是"于自念上离境"。当悲情袭来,要想到它是暂时的,总会过去的,这是第一步。反复用这"离境"之念冲淡悲情,逐渐达到超脱,也就是"不于法上念生",这是第二步。也就是达到"无念"的境界了。人的一生如此反复历练,便是修心养性,也就是修行的过程。

永泰寺,原名明练寺,始建于北魏,宣武帝时永泰公主舍身奉佛,入寺为尼,唐时遂改名永泰寺。寺在河南省登封市西北太室山西麓,群山环绕,溪涧萦回,林木葱郁,景色清幽,迄今仍为旅游胜地。

释道丘：飞鹅岭

飞鹅岭上翠微深，极目烟波万木阴。赶起一群飞不散，依依还在绿森森。

岭南在古代是天鹅南迁的栖息地之一，故自古以来，称名飞鹅岭、飞鹅山者，不一而足。

随着时移世易，现时这些地方大多只是徒有其名，要慕名到当地寻找天鹅，就未免太天真了。

不过，诗人在这里却向我们描述了数百年前，惠州飞鹅岭栖息天鹅的名副其实的情景。这情景十分优美——

那时，飞鹅岭覆盖着又深又密的树林。

站在岭上极目远眺，一泓湖水，烟波浩淼，青山环绕，万木如阴，正是天鹅栖息过冬的好地方。

秋天，天鹅一群一群从北方飞来，它们在湖边觅食，在芦苇丛中做窝，只听得扑羽声、鸣叫声、戏水声，闹成一片。

你走过去吆喝一声，把它们驱赶起来。

它们就展开长长的翅膀，扑棱棱飞向天去，在半空绕上雪白的一圈，重又落到绿森森的山林之中。

这首诗有个特点，就是天鹅作为主语一直没有出现。"鹅"字除了在"飞鹅岭"中出现之外，诗中未再提及，然而，读者却分明见到了它。

这便是诗词的妙处：

诗前二句，营造了天鹅栖止之处的自然景观，却通过"飞鹅岭"三字，逗引读者的联想。

后二句用"一群飞"、"依依还在"这些天鹅动态的刻画，让读者的联想继续伸

展开去。

这也就是诗评家说的"不著一字,尽得风流"。而其中,虚与实,有与无,又暗合了禅理所谓"不立文字,不落言筌"。

作者简介

道丘(1586—1658),字离际,晚号栖壑。广东顺德人。俗姓柯。开山云顶,因号云顶和尚。从碧崖剃染,礼法性寺寄庵大师受圆具戒。因访六祖新州故址,道经端州,入主法庆云寺,遂为鼎湖开山之祖。

释道丘:云顶上脊

脊梁竖起庆云中,龙象同登最上峰。才插一茎周梵刹,溪声山色几重重。

上脊,又称为上梁,是指架设房顶最高一根中梁。在古代盖房子,上梁这一工序是十分重要的。《通书》曰:"上梁,有如人之加冠。"也就是说,一座房子的上梁,如同一个人达到成年(按,古时候男子20岁称为成年),要举行"冠礼"仪式,也叫做"加冠"。

尤其是庙宇,在上中梁时一定要举行隆重的仪式,除了期盼中梁支撑永保建筑物之坚实,民宅合境平安,并能香火旺盛,泽被苍生之外,还有借此(上梁)来连接庙宇建构本身和天地、神灵与寺庙中人之间的关系。

在上梁的时候,通常还有上梁祝词和上梁文之类。诗人这首诗,其实也可作类似文字来看。不过,它更多地表达了诗人参与工程仪式的内心感受,与作吉祥语的仪式文字又不尽同。

全诗充满了喜悦之情。

首句说,庆云寺的中梁在鼎湖山云顶上竖立起来了,它是庆云寺的脊梁,又如整座鼎湖山的脊梁,高耸云天。

次句说,竖立起这条中梁,预示着一座庄严雄伟的佛寺,从此登上了鼎湖山的最高峰,并将大弘佛法。"龙象"一词,出自佛经,是佛门中最有力气的圣兽。难以想象,在山高林密的云顶上修建寺庙,要耗费多少运力!

三、四句,诗人由上梁而联想将来。他说,今天不过是庆云寺插下了一根小树枝,而鼎湖的溪声和山色,就已经把我重重包围住了。

据记载,明崇祯六年,一位在犄和尚来到鼎湖山莲花峰,结草为庵,取名莲花庵。两年后,栖壑大师应邀到莲花庵当住持,随即大兴土木,把缓坡削成7级,倚山势构筑5层殿宇,计建造大小殿堂100多间,建筑面积达到12000平方米,可见规模之宏大。莲花庵从此更名庆云寺,栖壑也成为庆云寺的开山祖师。

这首诗,让我们窥见了这位创寺者的气魄和襟抱。

释道丘：入关漫作

　　苍苍云木万山秋,一入禅关念总休。已信此身俱是幻,宁知何物更堪求。凤鸣谷响心原寂,竹翠花黄境自幽。不二门开谁荐得,净名争肯按牛头。

　　闭关修行,源自古印度无上瑜伽密法。这一修行法,在中国兴起于明代。

　　闭关期间,要摒绝一切世俗事务,每日除短暂的睡眠之外,全部时间用于诵持经咒,不吃五谷杂粮,只靠少量的水果蔬菜和喝少量的水,来维持生命的最低需求。通过在这种极端的状态下,启发人的潜能,达到修行的目的。

　　闭关修行一年,相当于普通修行几年。进入闭关,称为入关,结束闭关则称为出关。

　　禅宗中流行一句话："不破参,不住山;不开悟,不闭关。"对僧人来说,必须要达到开悟之后,才有资格闭关修行的。

　　诗人既已开悟,依照规矩,进行闭关修行。在入关之前,他写下此诗,表达了对

于闭关修行的感想。

起句描述庆云寺外鼎湖山的景色。

这时已经进入秋天了,树林显露出苍老的颜色。

次句交代入关。

诗人说,一旦进入闭关状态,就是所有的念头都要抛开。身为庆云寺的住持,诗人平日要应付的事务不少,而一旦闭关,所有事情都将割舍,连心里头都不能有所牵挂。因此,在入关之际,他未免有些感慨。

三、四句,是诗人对闭关修行的感想,也是全诗的核心。

诗人说:我已经开悟,坚信这个肉身原是虚幻之物,既然如此,也就没有什么可期求的了。

那么,闭关——借肉身的禁闭来修行——又有什么意义呢?禁闭一个虚幻之物能够得到些什么呢?

五、六句,表面上看是写景,实际上是换了一个方式来写情。

诗人的意思是说,我身处鼎湖山中,不也就等于闭关吗:凤凰鸣叫也好,山谷响动也罢,我的心已经寂然不为所动。

苍翠的竹林,浅黄的菊花,它们那清幽的情趣,正和我的心境一样。这比闭关修行,不是更无拘束,更加自然吗?

最后的两句,诗人更直接地作出表述。

他说:修行,闭关也好,不闭也好,都是为了要达到不二法门。可是,不二法门对谁打开,并不是靠别人的推荐,没有捷径可走。就像净名居士,哪里肯这样做:牛不喝水,却硬要按下它的头?

这里需要对"不二门"和"净名"略加解释。所谓"不二门",全称不二法门,佛教修行有四万八千法门,而不二法门在诸法门之上,能由之直见圣道,故有此称。它同时指示修行者,各种法门看似不同,实际只是一个。

"净名",又译维摩诘,是与释迦牟尼同时居于同地的一位居士,佛教中说他其实是"自妙喜国化生于此,委身在俗,辅释迦之教化、法身之大士"。他智慧极高,禅宗视之如佛。(参见释函可《招山中诸老》诗解)

读完这诗,令人不禁要想,既然对闭关修行的方式表示了深深的怀疑,诗人还会去闭关吗?而诗人在经过闭关修行以后,他的感想又当如何?可惜的是,道丘的诗集早已散佚,他有没有写《出关漫作》?已经不得而知。

释弘赞：山居（之一）

寂寂寥寥似可依，坦然尚觉去时非。碧光匝岭客尘断，翠色盈轩道意微。风怒晚林摧敝叶，月怜秋冷为长晖。坐来竹露成珠颗，犹自听泉未掩扉。

弘赞和尚著有《木人剩稿》百余卷，今存仅《山居》诗若干首，收在《鼎湖山志》，当即是住持此间之时所作。其中颇有抒发感想，或兼以说理的，这里选的一首，却以写景为主，其中流露着诗人平日禅坐的恬逸心境，是属于那种"不作禅语"，却"时得禅趣"的作品。

诗人先从山居的感受入手：山居的日子，寂寂寥寥。

初唐四杰之一的卢照邻，写过一个名篇叫《长安古意》，其中最后四句是这样的："寂寂寥寥扬子居，年年岁岁一床书。独有南山桂花发，飞来飞去袭人裾。"它把读书人的寂寞与长安生活的热闹相映衬。

诗人借用它，但反用其意，他说：隐居山中的寂寞，真是教人依恋呢！它令人心情舒坦，回想以前受名缰利锁之困，深觉那真是错了。

这两句诗是给山居下了一个断语。

接下来，诗人就历数鼎湖风光之优美，也即它是如何的"可依"了。

三、四句，运用叙述的手法。

鼎湖属喀斯特地貌，偌大的湖中，参差耸立着七座峻秀的岛山，故又名七星岩。它的特点，是湖光山色交相映发，如果稍改一下唐代诗人刘禹锡题洞庭君山的诗句为"白银盘里七青螺"，就成为它极好的写照。而诗人笔下则是这样描写的：

碧绿的湖水，天光波光，把七星岩包围、笼罩。

水波的碧，岩树的翠，一齐拥进来，把我的小轩挤得满满的。

没有客人来访，我独自坐着，领略悟道的微妙感觉。

这两句诗,高度概括了诗人平日的山居生活。

五、六句,运用描写的手法。

这是个秋天的傍晚,西风凌厉,它不停呼啸着,撕扯那树林中的枯叶,像在发泄愤怒。

月亮升在天空,它静静地、温和地发出光辉,仿佛可怜人间秋夜的孤清寒冷。

诗人把风和月都作了拟人化描写,我看是有用意的。苏东坡曾说:"欲令诗语妙,无厌虚且静。静故了群动,虚故纳万境。"在这里,诗人通过"群动"、"万境",来表现出一种虚静的禅心。风、月的"动情",恰恰衬托出诗人的"不动情",也就是他在坐禅中的宁静。表面看去纯属写景的两句诗,其实是与上面的"道意微"互相呼应的。

最后二句,是诗人自写。

"坐来"见、"犹自听",是他的存在。而竹叶上凝结的露珠,和门扉外泉水的声响,则是把读者的视觉与听觉调动起来,不自觉地和诗人一起,进入这迷人的山居秋夜。

这时,你还会记起日间那些繁闹和烦恼吗?

作者简介

弘赞(1611—1686),字在犙。广东新会人。俗姓朱。初入肇庆鼎湖莲花洞,翌年礼栖壑于蒲涧,剃染受具。以己事未明,遂度岭而北,遍参诸方。后归鼎湖为二代住持,号草堂和尚。

释弘赞:山居(之二)

事得无心理自圆,松声草色现成禅。石头何意硬成佛,鳌足空闻直拄天。月被云遮光不下,水因槎碍涩难前。一时尘刹俱空去,谁辨中间与二边。

未接触过禅学的人，对修禅容易有一种神秘感。总觉得参禅打坐、谈玄说理，高深莫测。对于这种误解，六祖在《坛经》中早就指出过。而在这诗中，诗人通过对修禅的抒感，又给予我们有益的启示。

诗人一开头就说明：什么是禅。

事情的完成，并非由于刻意追求，那么，这里就显示出禅理——圆融无碍。

禅理本来无所不在，风吹过山谷，松树发出像海涛般的喧声；或者，春天降临，漫山遍野涌现青青的草色，就都是现成的禅理。

接下去二句，诗人对于"无心"，这个禅理最核心的要求，继续加以说明。

你看那山间的石头，它们有想着怎么努力去修炼成佛吗？说女娲砍断神鳌的四足，把天空支撑起来，不过是个神话罢了。

这里借用了女娲补天的传说，《淮南子·览冥训》里记载"女娲炼五色石以补苍天，断鳌足以立四极"。诗人的意思是说，天空一直就是这个样子，并非人为地用鳌足把它支撑起来的。

"无心"，就是像石头和天空那样。这当然是作比喻，修行人不可能像石头一样无所思虑，也不可能像天空一样无所依傍。但是，诗人指出，他应该尽可能排除思虑和依傍的干扰，而达到无我和虚静的心境。

"无心"的另一面，就是"顺其自然"。诗人在五、六句说：

月亮如果被云遮蔽，它的光就不会照射到大地上；水流遇上被砍断的树枝阻挡，它就不会顺畅地前进。这不都是很自然的吗？

在修行之中，也难免会遇到种种干扰，怎么办呢？诗人指出：顺其自然。这是一种修炼过程，学会了不刻意追求，让自己保持既来则安、淡然处之的心态，也就使自己逐渐融入"自然"之中，成为自然的一部分。而这，也正是"无我"、"虚静"的禅之境界。

最后，诗人说：

到了这时，尘世也好，佛土也罢，都不复存于胸中。还有谁去分辨是中道抑或是两个极端啊？

尘刹，佛家语，指微尘数的无量世界。中间与二边，也是佛家用语，中间，指中道，二边，指偏离中道的两个极端。诗人认为，修行人如果到达"无我"、"虚静"的禅境，一切分别都将消失。因为一切的分别，一切由分别衍生的种种"相"，都是相对的、暂时的、不具有终极真实性。而禅修的目的，正是要消灭它。

由此可知，修禅打坐，谈玄说理，都只是外在的形式，而且不是唯一的方式，更重要的是"无心"和"顺其自然"。这便是诗人给予我们的启示。

释元觉：古镜

匣中藏已久，一见一回新。有象知谁识，无言止自亲。空秋潭底月，深夜定中身。莫讶风尘掩，从来会照人。

前面说过，镜子是一件颇有理趣的物事，祖心和尚曾用镜子写成一偈。诗人在这里，也是借咏镜子，来表达他的禅理。题作"古镜"，大约诗人真收藏了那样一面镜子吧？

诗开头两句，以一"久"一"新"对起：久的是古镜，新的是诗人的观感。为什么"一见一回新"？不是镜子新，是镜子照出诗人的形象——他又不同了，变了。这变化，又不仅是随时光流逝，人的形容改变，应该还含有随修禅的岁月渐深，人的精神也发生改变了。

三、四句，是对"一见一回新"的展开。

镜子里的像是谁？谁认识他？那是我吗？啊，我连自己都不认识了？诗人对着镜子发问。

可是镜子里的像却不会说话，只是亲切地与诗人对望着。

这两句，是全诗的重点所在。诗人以镜子中自己的虚影，和自己的肉身对峙，来作一番真与幻、有与无的周旋。一连串的问，其中包含着"空即是色，色即是空"的了悟。

五、六句，乍看是写景，其实仍是写色与空，诗人转而以写景作喻：

入定的我与道为一。

此身已同虚幻，就像是秋月照影在空潭里。

水中之月，镜中之像，空中之色，定中之身，都无分别。

末二句，诗人仍然回到古镜的题咏上来。

"莫讶风尘掩，从来会照人。"既是古铜镜，表面难免被氧化，看上去就像有风尘掩覆。但诗人说:"镜子的本性是明澈清净,因为它是以照人为用的啊。"给古镜以由衷的赞美。

读至此,我们很容易会联想起六祖那首著名的偈:"佛性常清净,何处惹尘埃?"不错,诗人暗用了六祖的偈意,借赞美古镜来赞美"佛性",即大觉者的心性。这也正是诗人题咏古镜的用意所在。

作者简介

元觉(1624—1681),字离幻。晚居石洞,因以为号。广东顺德人。俗姓简。从宗公剃度,礼栖壑受圆具。宗公示寂,遂继席主法华林寺。后住循州罗浮石洞。

释元觉:送陈乔生之青原访药地禅师

黄门才子久知归,古寺寻僧愿不违。世事已将云影灭,道心先向瀑泉飞。舟铺卧箄滩声满,叶尽寒山野烧微。从此石房休自掩,夜禅深雪到人稀。

友人陈乔生打算到青原去,随药地禅师出家修行。临行之时,诗人写这诗赠别,一方面对他此行加以勉励,一方面表达了惜别之情。

青原山,是江西省吉安市的名胜之一。山上的潭泉溪峡众多。有游喷雪、虎咆、珍珠、百茅溪、小三叠、飞龙潭等泉,攀天岳、芙蓉、翠屏、鹧鸪、西华、华盖等奇峰,南宋大诗人杨万里称赞它是"山川江西第一景"。六祖的五大弟子之一行思和尚,本籍江西吉安,在曹溪得法后,回到青原净居寺弘法,开创了禅宗青原一脉。药地禅师是当时净居寺的住持。

陈乔生,名子升,南海人。清末抗清烈士、广东三忠之一陈子壮的弟弟。他曾经在南明几个朝廷参与抗清,任中书科舍人、吏科给事中、兵科给事中等职。

诗开头两句,概括了诗题。

"黄门才子"指陈乔生。黄门,朝中内廷的称呼,陈乔生曾任中书科舍人等职务,

都属内廷官职，属于皇帝行政的秘书班子，与皇帝关系亲近。诗人特别提及这一点，不无推重陈氏之意。才子，则是称赞陈的才华。

但是，诗人在指出陈氏这些世俗功名之后，却接上一个断语"久知归"。何为"知归"？即遁入空门，出家做和尚之谓也。"久知归"三字，则不妨看作是诗人的"当头棒喝"。

这一句先扬后抑，颇耐寻味，也显示出诗人的性格，以及两人交情之深密。

第二句紧接而来，补足题意。古寺，即青原山净居寺。寻僧，即访药地禅师。愿不违，是祝愿其此行心愿得以实现。从诗人的立场说，也就是希望陈乔生皈依佛门。

三、四两句，是诗人的劝勉。"世事"句，是提醒陈乔生，既往追随南明几个政权的那段人生经历，已经云飞烟灭，成为过去。"道心"句，是称许陈的此行，抱负对于佛门的向往，因为青原山多泉瀑，故借来做比喻。

五、六句，是想象陈乔生前往青原山一路上的情景。风景描写的点缀，使全诗添加色彩，这是中国诗歌的传统审美趣味。如刘勰《文心雕龙》所说："风骨乏彩，则鸷集翰林。"如果没有这两句自然色彩的映衬，全诗将成一味说理叙事，而过于枯淡，就像是一群灰白色的隼鸟，尽管风骨峻利，却缺少羽毛华彩。这两句顺便点出了时令：深秋。

诗的结尾，表达了对朋友的惜别情怀。这里暗用了"王子猷雪夜访戴"的典故（参见杨起元《晓入龙华访憨山上人不遇》诗解）。诗人嘱咐说：

你到了那边，住在石房里参禅，用不着关上门，因为不会有闲人来往。而重要的是，说不定我会在半夜里冒雪乘船到访呢！

陈乔生到青原之后，虽然并未在那里出家，但却与药地禅师相交莫逆，称禅师是"吾师吾友"。他在漫游寻访了若干佛寺之后，终于在庐山归宗寺随天然和尚函昰出家。

释元觉：归鼎湖作

　　大道原无住，斯行亦偶然。片帆悬渡口，孤棹入湖天。山色留前古，溪声送暮年。江心应有月，松际几时圆。

　　诗人曾追随栖壑和尚，受具足戒，这一段时期，住鼎湖庆云寺修行。诗题"归鼎湖作"，当是他外出之后，返回庆云寺，沉浸在大自然的怀抱中，偶有所感，而写下此诗。

　　诗一开头就发大议论：

　　佛门的大道，是"无住"。

　　《金刚经》曰："应无所住而生其心。"六祖当年一闻此语，言下大悟。《坛经》说："以无住为本。"又说："念念时中，于一切法上无住。"意思是说，世间万物都是有生有灭的，从这角度看，一切事物（"一切法"）都是暂时存在的。所以，不要执著于它的存在，而要把它看作一个生生灭灭的过程。这就是"无住"。诗人说"偶然"，也就是不要执著的意思。

　　三、四句写景，以风景描写来叙述诗人之"归鼎湖"：

　　渡口的船家，挂起了帆；水天相接的渺渺湖波，只有我这一艘船乘风而行……

　　我们不妨把这视为倒装写法，即这两句写景本应放在开头。诗人如此安排，目的是要突出对于"大道"的感慨。而经这倒装，全诗也显得气概不凡，令读者为之心中一震，被摄入诗人的思绪里去。

　　五、六句也是写景。

　　苍苍的山色，自古以来就是如此；潺潺的溪声，正在送走旧的一年。

　　诗人在其中夹杂了他的观感，即是突出了"前古"和"暮年"（按，指一年将尽）。他有意强调时间的流逝，暗地与"无住"互相呼应，从而延续着对"大道"的沉思。诗人这沉思，凭借着山色和溪声的有形之物烘托，便显得愈加深厚。

结尾两句,仍是借写景来作感慨发抒。

注意两处疑问:"应有"和"几时"。由此可知,两句所写,乃是诗人对"月"的期待,而不是"月"本身。月,是诗人心中的"月",而不是自然界的"月"。诗人是以"月"比喻自己修行圆满,或者说得道成佛。但他感到自己还没有把握,所以在回舟鼎湖的一刻,不自觉地扪心自问。

月,在佛教中有特殊的象征意义。这一点,我们在释元的《玉台寺》一诗中曾经有所说明。

释一机:山居二首(之一)

经年不出户,一榻日高眠。有相非关我,无心莫问禅。山花开复落,窗月缺还圆。新构茅斋起,云来占半边。

诗人年方二十就决意出家当和尚。

记载说,采取这一行动的重要原因,是因为"国变",也即明朝的覆亡。诗人似未考取功名,也未参与抗清,但从他的诗看,早年曾经准备参加科举考试,是没有疑问的。他之毅然遁入空门,不问世事,抱有杯葛异族政权的爱国意识,也是可以推断的。这里选录的《山居二首》,乃诗人自抒怀抱之作,在平淡之下,我们仍然能够揣摸到他顽强的生命潜流。

这首诗似作于较早时期。

诗人开篇即追溯,自己有一年以上足不出户,即是未曾离开过以霖长老所在的寺院。那时他剃度未久,寺院也非常简陋,因为在古代岭南,结茅为庵,作为静修之所,并不少见,例如鼎湖庆云寺前身的莲花庵即是。"一榻日高眠",就成了他日常的生活。

三、四句,是诗人对他的以上行为作解释。这时诗人已经对六祖的禅法有所领悟了。《坛经》说:

此法门中，坐禅元不看心，亦不看净，亦不言不动。

又说：

此法门中一切无碍。外于一切境界上念不起，为"坐"；见本性不乱，为"禅"。

六祖否定那种教人静坐看心，直到断除一切念头的所谓"坐禅"。他说，坐禅并不在于跏趺静坐的形相，也不是静坐看心看净。坐禅的要点是，当你面对外部种种纷扰时，内心不为所动，不起妄念，本性不乱。能做到这样，则行食坐卧皆是禅修。所以，诗人虽然睡到日出三竿，其实并非懒惰，他只是借此表明自己对六祖禅法的解悟。

五、六句，既是写山居处境，又描述了时光流逝，是对首句"经年"的呼应和发挥。这两句诗中不无生命的感触：山中修行的日子，是那样单调无情，而此身也仿佛与大自然化而为一。这里流露出一点淡淡的哀愁，它使我们触碰到年轻诗人的内心世界——青春期的无名忧郁。

结尾，诗人从忧郁之中挣脱了出来，情绪和画面都变得明快：

寺院里新盖的茅草房子落成，多么漂亮的茅斋啊！惹得白云都羡慕不已，它们迫不及待跑进来，占去了半边。

这种快乐的笔墨，也真只有年轻人才写得出。

作者简介

一机（1630—1708），字圆捷。广东番禺人。俗姓李。会国变，决志出家。年二十礼以霖长老，得剃度。旋入鼎湖，谒栖壑，受圆具。后为庆云寺六代住持。

释一机：山居二首（之二）

世情谙已熟，长揖入山林。道远无人问，诗成只自吟。半生圆泽石，一调伯牙琴。尽付东流去，沉埋直至今。

这首诗当是诗人中晚年时期之作。

何以知道？因诗中有"半生圆泽石"的句子。这里涉及一个典故：唐代僧人圆泽，有好朋友叫李源。圆泽弥留之际，李源去看望他，圆泽说："我来世将托生王家，十三年后，中秋之夜，在杭州天竺寺外，再与公相见。"当晚圆泽去世。过了十三年，李源如约从洛阳远赴杭州，他走过葛洪川畔，听见有牧童边叩牛角边唱歌："三生石上旧精魂，赏月吟风不要论。惭愧情人远相访，此身虽异性长存。"苏东坡曾作《圆泽传》记载这件事。诗人借用"圆泽"来比喻自己，"半生石"，即是"三生石"（按，三生指过去、现在、未来）中现在此生的一半。故据此可知诗人已经年及半百。

此时的诗人，已身为庆云寺第六代住持。但是，诗中流露的孤独感，却使我们窥见诗人的内心，仍旧感情充沛。

诗开头二句，回顾了青年出家的旧事，写来意气风发：

对世间的人情世故，我已经烂熟于胸，看透了。于是决然与之告别，来到山林中，落发为僧。

长揖，是大动作的拱手行礼，《史记》说到楚汉争夺天下之际，有一个策士郦食其投奔汉王刘邦，相见的时候，对刘邦长揖而不下拜（跪地叩头）。可见长揖是一种人格自尊的表示。究竟在二十岁时，诗人有过一些什么遭遇？受过什么重大挫折？已经不得而知。诗人在此，只是让我们知道，他当时选择出家，是义无反顾，从不后悔的。

三、四句，回到眼前来。

诗人所心有不甘的是，他颇为自得的诗才，由于出家，失去了赏音者。在庆云寺里，固然没有懂得写诗、欣赏诗歌的人；而由于山高路远，造访者稀，也难以遇上文士雅客。"诗成只自吟"，诗人不免感到有点落寞。

五、六句，诗人借用典故，对上述的情怀予以抒发。

伯牙琴，是借用"高山流水"的著名故事，说古时候有个弹琴高手，名叫俞伯牙；又有一个赏琴专家，名叫钟子期。俞伯牙鼓琴，志在高山，钟子期听了，说："善哉！峨峨兮若泰山。"伯牙志在流水，子期说："善哉！洋洋兮若江河。"两人因此成为好朋友。后来，子期去世，伯牙说："我的知音已经死了。"从此再也不弹琴。诗人引用这个故事，来感慨自己的诗没有知音。

诗的结尾，是从上句引申，诗人说：

我所写的诗，我的诗才，除了自我欣赏一番，全都付于东流的江水，任由它沉没埋葬了。

这无疑十分沉痛。然而，诗人仍是心有不甘的："直至今"，固是沉痛语，同时也包含着某种冀望——迄今如此，那么将来呢？

从文献知道，诗人身后留下了一部诗集《涂鸦集》，久已亡佚，只剩得三首五言律诗。吉光片羽，虽可约略窥见其才具心迹，却难以让后人观其全貌，实在可惜！

释函昰：示洪源

曹溪一滴水，千古常涓涓。踏断溪桥看，全身在那边。

禅宗向有机锋的传统，即是以一句话，或一个比喻，使问道的修行人打破迷惘，豁然醒悟。《坛经》中就记载了一件事：

神秀派弟子志诚南来探听六祖如何说法。六祖先是反问他："神秀是怎么教人的？"志诚回答："教人住心观净，长坐不卧。"六祖说："住心观净，这样坐禅不对，长久地打坐，只是拘束了肉身而已，对于理解佛法没有什么帮助的。"他于是念了一首偈：

生来坐不卧，死去卧不坐。元是臭骨头，何为立功过？

大意是说：像神秀要求"长坐不卧"的人，到死去之时，都只能躺着而不能坐着了。肉身自有生死，最后都要变成一堆臭骨头，要求这骨头坐或卧，有什么意义呢！为何说坐便是功，卧便是过呢？

六祖说：

何名坐禅？此法门中，无障无碍，外于一切善恶境界心念不起，名为坐。内见自性不动，名为禅。

又说：

外离相即禅，内不乱即定。外禅内定，是为禅定。

六祖指出，修行之要在于修心，不是做出修行的样子，如神秀要求的"长坐不卧"。志诚听了，心悦诚服，便留在曹溪，随侍六祖左右。

以上是一个以偈语诗作机锋的例子。函昰和尚的这首诗，其实也可以看作一首偈语诗，他向问道的洪源出示这诗，意在启导洪源解悟六祖的禅理。

诗的大意是说：

六祖的传法，好比眼前这曹溪，它开始时只是一小滴水，逐渐成为涓涓溪流，而且千百年不干涸，不断绝。

曹溪上有一座板桥，人们要经过这桥渡过曹溪，就好比借助《坛经》而悟得佛法。

但是许多人不明白，最后要舍弃《坛经》，舍弃六祖的说法，才能真正得以成佛，也就是成为大觉者。

所以现在我告诉你：要踏断这溪上的桥，你才能完完全全到达彼岸。

这首诗比拟巧妙、贴切，最后两句机锋尤其精彩绝伦，让人在理解之后，获得一种豁然贯通的顿悟之乐。

作者简介

函昰（1608—1686），字丽中，别字天然，号丹霞老人。广东番禺人。年十七补诸生，与里人梁朝钟、黎遂球辈，并以高才纵谈时事。举崇祯六年（1633）会试不第，后谒道独禅师，于归宗寺出家，为曹洞宗三十三传法嗣。返广州，任光孝寺住持。明亡，徙番禺雷峰，创建海云寺，举家事佛。孤臣节士，皈依者众。历主福州长庆、庐山归宗，及海幢、华首、丹霞、介庵诸刹，晚年归海云寺。

释函昰：示己锋禅人

学道先须远俗情，不求安逸不求名。尘中能具超尘想，岁久年深累渐轻。

凡做事都须有个下手处，修行也不例外。

比如上面说的神秀教人"长坐不卧"，便是个"下手处"。六祖喝破这样"坐禅"修行，使人拘泥于形骸是大错，但并不否定修行要有下手处。例如在他的《金刚经口诀》中教人说："恭敬一切众生，即是降伏自心处。"又说："道心者，常行恭敬，乃至蠢动含灵普敬爱之，无轻慢心。"把"普敬"作为修行人修心的下手处。在《坛经》中说："于一切时中，行住坐卧常行直心。"又说："但行直心，于一切法上无

有执著。"把"行直心"作为修行的下手处。都是显例。

函昰在这首诗里,也是向已锋指示修行门径,即下手处的。

他说得很通俗明白:

何谓"学道先须远俗情"?所谓"俗情"也者,即世俗中的追求谋望,大者如权势、地位、财富、女人、子孙,小者如个人的种种贪念。函昰说,这些俗情是修行人首先要远离的。

何谓"不求安逸不求名"?这不是指一般世人的懒惰和求名求利,而是专门针对出家人而说。

把和尚当成一种职业,借出家逃避生产劳动,于是贪图安逸,成为一个懒和尚。这是佛门中一种现象,一种流弊。禅宗一直有从事生产的传统,也正因为这个传统,使禅宗在晚唐五代的社会动乱中,不但没有像其他佛教宗派那样走向衰败,反而发展壮大,成为最强盛的一派。从函昰的诗中可以看到,他自己也是经常参加生产劳动,并且以此为乐的。

佛教是一个社会组织,有寺庙有僧人,寺庙有住持,佛界有名僧,于是也就有争衣钵、争权力、争名衔之事。五祖说得好:"自古传法,命如悬丝。"六祖得衣法后,随即连夜逃离黄梅,又在岭南潜伏多年,待尘埃落定才露面。所以函昰以"不求名"告诫已锋。

何谓"尘中能具超尘想"?简单地说,就是在尘世中要能够具有超越尘世的思想境界。六祖说,只要活着,人就不能没有思想活动,也即是"念头",想要彻底去掉由尘世种种刺激产生的"念头",只有死人才可以办得到。怎么办呢?办法有的,就是视这些"念头"为过眼云烟,而不要执著于它不放。这就是《金刚经》说的:"应无所住而生其心。"也就是函昰这里说的:在尘世中而能具有"超尘想"。

函昰在最后一句说:"岁久年深累渐轻。"这是告诫已锋,不要想着"超尘想"可以一蹴而就,那可是一辈子的修行!而且到你离开这个尘世之时,也未必就能完全做到。不过,如此做去,你的"尘累"——因尘世污染而生的种种杂念、种种烦恼,就会越来越少,越来越淡泊,压力越来越轻……

释函昰：折梅

游人欲多折，要傍小瓶开。不知香在手，更觅一枝来。

赏梅，古之雅事；折梅相赠，更是自古风俗。《荆州记》记载了一个故事：

陆凯与范晔相善，自江南寄梅花一枝，诣长安与晔，赠诗曰："折梅逢驿使，寄与陇头人。江南无所有，聊赠一枝春。"

由此可知，远在三国时代，就已经有折梅寄赠的风流韵事了。函昰和尚曾经在庐山等多处寺庙做过住持，山林之间，梅花随处都有，于是到了冬春之交赏梅的时节，就可以看见游人前来，除了到寺里拜佛烧香，也顺道赏梅，临行之际，少不免便要折些梅枝回去。这样的情景，年年如此，一般寺里僧人可谓视若等闲。函昰和尚也看在眼里，他却别生感慨，而写下这首诗。

诗人着眼在有的游人贪多折梅一事上。

首二句即是直说这事，其中一个"多"字，一个"小"字，隐隐透出了这些游人的"贪念"，用字十分巧妙。

三、四句，表面看，是诗人就事论事：

他们不知道，清香弥漫的梅枝已经到手，只顾左右打量，找了一枝又一枝。"香在手"，求香得香，却并不知足。得到手的，就不再多看一眼，他们的眼睛，永远只是向外间寻找……

诗人在这里其实已经不是在说折梅的事，他是借折梅这件事，在向众人讲述禅理。六祖在《坛经》中传"自性五分法身香"时，曾经说过：

一、戒香。即自心中无非无恶，无嫉妒，无贪嗔，无劫害，名戒香。

二、定香。即睹诸善恶境相，自心不乱，名定香。

三、慧香。自心无碍，常以智慧观照，自性不造诸恶，虽修众善，心不执著，敬上念下，矜恤孤贫，名慧香。

四、解脱香。即自心无所攀缘,不思善不思恶,自在无碍,名解脱香。

五、解脱知见香。心既无所攀缘善恶,不可沈空守寂,即须广学多闻,识自本心,达诸佛理,和光接物,无我无人,直至菩提,真性不易,名解脱知见香。

善知识。此香各有内熏,莫向外觅。

六祖又说:

向者三身,自在法性,世人尽有,为迷不见,外觅三身如来,不见自色身中三身佛。善知识听,(能)与善知识说,令善知识于自色身见自法性有三身佛。此三身佛,从自性上生。

聪明的读者,把六祖的话与这诗联系起来咀嚼寻味,自然会有所了悟的。

释函昰:刻诃林语录谢诸檀越二首(之二)

四十九年一字无,如何野老却叨叨。垂钩千尺深潭意,极目清波忆巨鳌。

明崇祯十六年(1643),函昰把在光孝寺开堂说法记录编成《诃林语录》,刻印刊行。他写下这首诗,向资助《语录》出版的社会人士,即"诸檀越",表示感谢。在第一首诗中,诗人以"文彩才彰音信通,多君端的辨来风",表示了谢意。而在这一首诗中,他主要是对自己编集出版《语录》来做解释。

这一年,诗人三十五岁,而这诗开口便说"四十九年一字无"。这是什么意思呢?如果把句子直译出来,是说:四十九年一个字也没有讲过。这显然不是在讲函昰自己。

据《淮南子》记载,春秋时卫国有个名叫蘧伯玉的人,"年五十而知四十九年非",一生勤于自省,注意改正过失,并且曾经得到孔子的称赞。后来,人们常常引用这句评价,表示对自己人生的深刻反省。因此,这句评价便成为"典故"。诗人只是把它稍稍变换一下,意思则是一样的。

诗的首二句作出了一个提问：

古人说自己活了四十九年，都没有一句话值得保留下来。那么，我为什么要这样唠唠叨叨？不但讲了，还要编成集子刻印流传呢？是我不把古贤的美德当回事，不自反省，狂妄，自命不凡吗？

诗人在三、四句给出回答，说道：

这部《语录》其实是抛砖引玉。我犹如坐在千尺深潭旁边的渔翁，垂下的钩子上，不过是最普通平凡的鱼饵——一截蚯蚓，但心里想望着的，却是引来碧波底下那巨大神奇的鳌鱼啊！

从上面的解释，我们可以得到这诗具有的三层意思：

诗人的谦虚由此自问自答得以显现，这是一。诗人的豪迈胸襟抱负也由此让人为之神往，这是二。《语录》中的开讲，言虽近而其旨则远，意虽静而其志甚大，它给予读者的虽普通平凡，而读者如能善解其义，所得将巨大神奇——所谓"一悟即至佛地"，这是三。

由此，我们还可以见到，函昰和尚当年意气风发的英姿。这首诗之所以令人读来感发兴起，也许就是为此？

释函昰：溪桥古木为雨所仆戏示阿字

四时停热客，一雨叹离群。对月全无影，临风那复闻。根看仍屈曲，叶积故纷纭。物理此中得，荣枯岂足云。

在这首诗中，函昰和尚以一棵在暴雨中翻倒，奄奄一息，将要枯死的古树为题，抒发了"荣枯岂足云"的感想。

开头二句，叙述古树一年四季，以它的浓荫，吸引了无数来往的客人，但是，一场豪雨把它撼倒，而那些纷纷的过客，也从此离开了它。

以下四句，描写了老树倒仆后的景况：

当月亮朗照的夜晚,溪桥畔再也见不到老树那婆娑的身影。

当凉风吹拂的时候,人们也不再听见树叶发出的沙沙声响。

它倒仆在路旁,只有屈曲的树根仍旧一如往日,

而树叶已经枯萎,散落在地,堆成一堆……

最后二句,是诗人的感叹。

天地万物,其实都逃不出一个共同的规律,

那就是:有生必有死,有荣定有枯。

不管你活得多长,也不管你活着时是何等热闹风光,

总有一天你要衰老、死亡,而一切的荣耀亦将随之销声匿迹。

诗人生在明朝末年,经历了明朝覆亡、异族入主那"天崩地解"的巨变,亲眼目睹几许皇冠落地,多少权势覆灭,无数富贵之家家散人亡。这首诗,可说是诗人在痛定思痛后,得出的一个冷峻结论。

阿字,诗人的首徒今无,他为化缘修建海幢寺,与上至平南王尚可喜,下至一般大户人家周旋,过从甚密。诗人虽说是"戏示",应该不无警戒之意。据说,统率清军入粤,屠广州城,权倾一方的平南王尚可喜,曾经慕名迎请函昰,向他请教。函昰事后对人说:"平南王具有佛性而无定力,'萧墙之祸'近在目前,其他就不必说了。"尚可喜的儿子尚之信后来继承乃父当"南霸天",在清王朝平定"三藩之乱"后,终被赐死,应验了函昰的话。

释函昰:归宗山籁一百四首(选一)

世间贵文字,吾道慎支离。以此薄词藻,相看空墨池。凿沟疏水路,先雨葺茅茨。莫笑禅枯澹,清宵试一思。

函昰和尚在岭南禅僧里,是一位留下较丰富文字的和尚,既撰著有《首楞严直指》十卷、《楞伽心印》四卷、《金刚正法眼》和《般若心经论》等禅宗要典,还有

《庐山天然和尚语录》十二卷、《瞎堂诗集》二十卷等行世。

但是，在这首诗中，他却表达了完全不同的看法。

诗前四句，表述了禅门对文字的态度："慎支离"、"薄词藻"。

所谓"支离"，也就是分散，函昰的意思是说，由于文字表达容易引起读者理解的分歧，所以禅门保持谨慎的态度。尤其是，文人所喜欢的辞采瑰丽，更令观众目迷五色，赏其词藻而忘其意义。所以，禅门鄙薄词藻，主张使用文字要朴实简明，清通晓畅。

这种态度，乃至于使佛门中人"相看空墨池"，轻易不作著述。

五、六句，诗人转过来，叙述佛门僧人的日常工作。

他们或者把锄开水沟，引水灌园；或者趁雨季未到，修葺茅屋，为房顶补添茅草，做诸如此类实实在在的事情。

言下之意，即不去从事那些吟风弄月、舞文弄墨的勾当。

最后二句，诗人作出总结：

莫笑枯禅淡，清宵试一思。

请你不要哂笑佛门里的生活太过枯燥无味，请你在那风清月明的夜晚，对我这番话，平心静气地想一想吧。

这首诗，站在禅门的立场，对文字作了三层表达：第一，不要卖弄词藻的写作；第二，不轻易写作；第三，日常劳动胜于写作。

函昰在此演说的，乃是六祖的理。《坛经》说：

一切经书及文字，大小二乘十二部经，皆因人置。因智慧性故，故然能建立。或若无智人，一切万法本亦不有。故知万法本从人兴，一切经书因人说有。

意思是说，由于人类有智慧性，所以才相应地有"大小二乘、十二部经"的设置。而这许多数量的经书中包含的大义，其实在每个人心中。有文化识字的人也好，没有文化不识字的人也好，"心中自有佛性"，他们的佛性都是"平等无二"的。禅宗所以有"不立文字"、"不落言筌"的说法，就是教人不要被文字的外表所迷惑。

前面我们说到函昰的著作，其实他不单是写得多，而且无论他的《诃林语录》，抑或他的诗歌，也并不排斥词采，似乎真有些言行不符。但是，如果我们明白不要执著于文字外表的道理，其中也包括不要绝对地排斥词藻。比如佛经中有一些就是词藻极之华丽的。要知道，绝对地排斥词藻，也是一种偏执啊。

最后我要说，函昰和尚之所以写下这首诗，也不无自我警戒的用意。

释函昰：题观世音菩萨像有序

　　大士像为叶氏子所施，比丘今球疑别纸截去上幅，惧而裱之，藏于笥中。比丘今赌请以供养，求予作赞，焚香书于其上。

　　道以无心得，相以有心现。无心割截平，有心庄严展。无心无罪福，福罪有心见。割截与庄严，有无心转变。一人成两心，两人圆一念。积精遂密藏，至诚忻佛面。大士无缘慈，照临同时遍。各以佛子根，真实通方便。

　　今球和今赌，都是函昰的弟子。

　　观音像最初由一位姓叶的施主赠送，今球看见了，认为这像原来上边部分，被人裁去，恐怕它再受损坏，就请人重加装裱，小心地珍藏起来。

　　今赌则不同，过了些日子，来向老师请求把观音像悬之庙堂供养。得到允许之后，又请老师为观音像写上赞语。

　　函昰于是写了这首诗。在诗中，他就以两个弟子对观音像的不同处理方式，发表了他的观感。同时，也就借此对两个弟子和观拜这幅观音菩萨像的人们，给予教诲。

　　道以无心得，相以有心现。

　　无心，即无念；有心，即有念。诗人说，无念，始可以得佛道。而有念，则可以见到观音菩萨的画像。比如今球有念，就会发现画像曾被割裂，因而有对此宝相庄严爱护有加的表示，也就是"有心庄严展"。而今赌无念，画像曾否遭到割截，在他看来是一样的，所以他要求把它拿出来供养，也就是"无心割截平"。

　　无心无罪福，福罪有心见。

　　诗人说，一个人如果达到无念的境界，也就无所谓罪和福，因为"罪福"是尘世中的幻相。如果人有念，那就会见到有罪的果报，和积德的福报。其实，装裱收藏观音像是功德，把像拿出来供养也是功德，由此可见，有念和无念，本来是人心的两面。今球和今嵰对待画像的不同处理方式，不过是体现了人心的两面而已。所以他们是：

一人成两心，两人圆一念。

诗人说，人的修行也是这样：

积精遂密藏，至诚忻佛面。

一方面，修行不是表演给人看的，要专心致志，暗下工夫；另一方面，修行最讲心诚，心诚则能见佛，哪怕只是见到佛像，也一样开心。

最后的四句回到题旨，即观音菩萨像上来。

诗人说，观音菩萨大慈大悲，普爱一切而无偏私，修行者尽可以自己选择方式，凭借各人的佛性去努力！

释函昰：溢石滩夜泊与阿字顿修书怀

古木森森山鸟鸣，孤舟日暮不胜情。多时沙际三人影，到处滩头一水声。胸次欲横星汉外，须眉犹照晚霜清。风尘赖有敝袍在，地角天涯莫寄名。

函昰和尚曾有诗告诫说："不求安逸不求名"。这是他修行多年得来的一个经验。这首诗，即记述了他与门徒阿字（按，即今无）、顿修三人乘船出行，在溢石滩停泊过夜时，对于人生的随感。

起二句，描写溢石滩夜泊。

日暮泊船荒滩，两岸古木丰茂，林中野鸟啾啾，四顾不见人烟，可谓冷落荒寒，但置身此间，心情却十分愉快。

次二句，描写自己与阿字、顿修师徒闲坐谈禅。

三个人的身影在沙滩上，渐渐伸展开去；而在或浅或深的河床里，水流紧一阵慢一阵淌过，不停地喧响。

这四句诗,把淦石滩的美,和诗人对这自然界之美的陶醉,描绘得生动逼真。使人读着读着,恍惚也悄然坐到了他们旁边,一同静静地观赏。

再二句,是诗人写怀。

此刻,我觉得自己的心胸无限张开,张开到罗列着无数星星的银河之外……

猛回头,我看到了自己:已经斑白的胡须、眉毛,在凛冽的晚风之中,恍如一抹秋霜!

在前一句中,诗人感觉自己与大自然融为一体,在后一句中,他又忽然之间回到现实之中。这里把函昰在一刹那间的精神状态勾勒了出来:出世和入世,生与死,不外如是。滩头流水,万古悠悠;三人形影,刹那已过!

最后,诗人向阿字和顿修,也包括向自己,发表感想道:

在这纷纷俗世、滚滚红尘之中,只要有一领破旧的僧袍,也就足够了。

千万不要为浮名虚誉,奔走海角天涯,贪慕追求啊!

函昰曾当过光孝寺的住持,又曾创立海云寺自任住持,他还时时来往于江西、福建、广东,并曾住持福州长庆寺、庐山归宗寺,以及广东的海幢寺、华首寺、丹霞寺、介庵寺等,自从他的老师道独禅师委化后,继主华首法席,成为曹洞宗第三十四代传人。可谓声誉日隆。

他之所以一再以"不求名"告诫自己,照我看,与他当上名僧,必然要应付世俗,其间有许多并不想做,却又不得不做的事情。一旦与二三徒弟徜徉山水之间,那种自由自在,让自己与平时判若两人,感到回复本性的无限轻松,于是便有了这诗中的感慨。

释函可:静宇师送紫榆数珠作诗谢之

佛不在木,念不在珠。绵绵不断,无欠无余。厥色维紫,厥质维榆。渠今即我,我不是渠。永言数之,渠我如如。

数珠,又叫念珠、佛珠。是僧人或佛教修行人常备的一种法器。

当初,佛陀曾经教人把木槵子树(菩提树的一种)的种子穿成珠串,用以持佛名号,消除烦恼。后来,它就成了用以帮助记诵经文或念佛菩萨名号次数的器具。据说念珠最长的型制为1080颗,最短的仅14颗。在佛教中,以"七宝"所制成的佛珠最为殊胜尊贵。七宝,《般若经》说是金、银、琉璃、砗磲、玛瑙、琥珀、珊瑚。其实,这些佛经的说法都是比喻,但是在世俗之中,由于贪念作怪,它常常被做成质料不同、价值不菲之物,用来炫耀持有者身份之高贵。例如小说《红楼梦》中就有这样的情节:

北静王又将腕上一串念珠卸下来,递与宝玉道:"今日初会,仓卒无敬贺之物。此系圣上所赐鹡鸰香念珠一串,权为贺敬之礼。"宝玉连忙接了,回身奉与贾政。贾政带着宝玉谢过了。

鹡鸰香念珠,既是贵重之物,又是圣上所赐,其身价自然不比寻常。后来贾府被查抄,执法者点算抄没充公的财物中,提到有"枷楠念珠二串",原是贾妃赠与贾母贺寿之物,也是值钱的东西。

诗人收到静宇师赠送的"紫榆数珠",虽非宝物,却也不是十分普通。常见的榆木数珠是黄榆木,而这一串是紫榆木,据说紫榆比较罕见。作为感谢,也作为诗人由于这件法器而产生的感想,他于是写诗回赠。

诗开头四句,先就修行人念经数珠一事,发议论。

佛不在木珠里,修行人的意念也不在木珠里。这里只有一种绵绵不断,周而复始,既无欠缺,也无多余……而这,正是木珠所显示给我们的东西。

接下来的四句,是直接就紫榆念珠发议论,说:

紫榆数珠,呈现着紫色,显示出它的罕有;不过,从质地上看,它却和槢木并无区别,都是转瞬即朽的木头。现在它到了我手里,这倒像是我——黝黑的容颜,衰朽的躯壳;不过,我是我,珠是珠,我不是木头,数珠也不是人。

在最后两句,诗人说道:

永言数之,渠我如如。

在《坛经》中说到"如如",一处是五祖看神秀偈后所说:

须得言下识自本心,见自本性,不生不灭,于一切时中念念自见,万法无滞。一真一切真,万法自如如。如如之心,即是真实。若如是见,即是无上菩提之自性也。

又一处是六祖所说:

实性者,处凡愚而不减,在贤圣而不增,住烦恼而不乱,居禅定而不寂,不断不常,不来不去,不在中间及其内外,不生不灭,性相如如,常住不迁,名之曰道。

这里说的"如如之心,即是真实"和"性相如如,常住不迁",与诗中"绵绵不断,无欠无余"的"渠我如如",说的都是同一个道理。也就是我与世间万事万物圆融无碍,心物交流的修行境界。诗人说:

每当我数珠念佛，我和数珠便化为一体，绵绵不断，周而复始，既无欠缺，也无多余……

他不过是借数珠念佛，对上述禅理予以演说而已。

作者简介

函可（1611—1659），字祖心。广东博罗人。俗姓韩，名宗騋，字犹龙。明礼部尚书韩日缵长子。崇祯十二年（1639）落发为僧，成为道独和尚之法嗣，与师兄函昰（字天然）齐名。曾充罗浮山华首台都寺，又在广州创不是庵静修。顺治四年（1647），以"私携逆书"被流放关外，先在沈阳南塔（广济寺）开法，又于普济等七大寺说法，被奉为辽沈佛教开山之祖，声名远至朝鲜、日本。顺治十六年（1659）圆寂。

释函可：示学人三十首（选一）

我从物则奴，物从我则主。物我本无分，茫茫失所据。反照识独尊，混然在一处。虽与物去来，不共物来去。

我追逐外物，我就成了它的奴隶了。

让外物跟随我，我就成了它的主人。

如果说，外物和我自身，都是一物，本来没有什么分别。那么，我和外物谁是主人谁是奴隶，便失掉依据了。

是因为心中有了分别，才有要做主人、不做奴隶的认识。去掉心中的分别相，我和外物便混在一处而没有分别了。

但人和外物的分别还是需要的，我虽然和自然万物一同来来去去，我却不是那来来去去的自然万物。

以上尝试把诗意直译过来，这样看，还是不免有点玄乎。诗人一时将"我"和"物"对立起来，一时又说"物我本无分"，指出这样对立是没有意义的。他到底要说什么?

依我看,关键在那个"从"字。一个人(也就是"我")如果不能"反照识独尊"——保持着自己不随流俗的"独立之精神";而是借口"物我本无分",因此便追逐名利、金钱、物欲(所谓"共物来去"),那就将流为"偏执邪外"!那是对于"物我本无分"的歪曲、错误的理解。

"从"还是"不从",大不一样:我从物,"我"就是一个精神猥琐的奴隶;让物来从我,"我"就是一个有独立精神、有尊严的人。

释函可:住金塔寺十四首(选一)

掘地得塔铃,摇之音寂然。细想隆平日,众铃竞高悬。但借微风力,声响远近传。铃去声亦尽,销沉在何年。此虽蒙尘土,乃复睹青天。静默信可久,舌存安能全。

金塔寺,全称为"金塔大禅宝林寺",始建于辽代,其后荒废,明万历年间重修。寺以辽代所修建的、高十数米的佛塔得名。明末清初,当诗人登坛说法,行经此寺,稍作停留的日子里,陆续写了《住金塔寺》组诗。这是其中的一首,是由于寺里的僧人偶然从地下掘得前朝的塔铃,触发了诗人的感想,因而写作的。

"静默信可久,舌存安能全"是全诗的结语,也是诗人之所感。出土的塔铃,铃舌早已腐朽,只剩下铃体,如今它静静地躺着,在诗人面前。遥想当时,在社会繁盛、太平的日子里,它和其他塔铃高高地悬挂着,只要一点微风吹过,便发出清脆的"铃语"(又称"佛语"),远近的人们都听得见,那是何等的风光。

春秋战国时候,有一位能言善辩的人,名叫张仪,凭借他"三寸不烂之舌",游说秦王,竟然当上了秦国的宰相。但开始他并不顺利,曾经被人怀疑偷窃痛打一顿,回到家里,又被妻子讥笑。张仪说:"你看看我嘴里舌头可还在?在,就足够了。"诗人在末句引用了这个故事,但却发表了不同的议论,说:保持静默者能够长久,就像这塔铃,虽暂时被尘土掩埋,结果重见天日。至于那个铃舌,却已经销蚀殆尽,哪能保全啊!

诗人自从被流放辽沈,只得以讲经传法为事。虽然这使他在当地名声大噪,甚至名扬海外,但是,在他的内心,却不以为然。在《坛经》中,六祖一再强调"口说心行",说:

莫心行谄曲,口说法直。口说一行三昧,不行直心,非佛弟子。

迷人口念,智者心行。

世人终日口念般若,不识自性般若,犹如说食不饱。口但说空,万劫不得见性,终无有益。

口莫终日说空,心中不修此行,恰似凡人自称国王,终不可得。

口诵心行,即是转经。口诵心不行,即是被经转。

由此可知,诗人写这诗,一方面用以自警,一方面是为了劝诫世人。

释函可:小河

寂寂小河水,波平意自闲。更无舟楫苦,独有雪冰艰。众汲何曾损,直行绝往还。静思源出处,应在万重山。

老子对水情有独钟。《老子》说:"上善若水。水,善利万物而不争,处众人之所恶,故几于道。"又说:"天下莫柔弱于水,而攻坚强者莫之能胜,以其无以易之。"

在这首诗中,诗人通过"小河",对水又作了一次赞美。他是把小河作为"人生"来咏叹的:

这是一条寂寂无闻的小河,连名字也可有可无。它汩汩地流淌,波澜不惊,却意态闲闲,悠然自得。(一、二句)

它置身荒僻,没人把它当做水道,因此也就没有那船只拥挤、往来喧闹之苦。只

有冬天下雪时，它会结冰，独自忍受着彻骨的严寒。（三、四句）

它给村里的人们供水，毫不吝惜，也从来不见有所减损。它就那样一直往前奔流，既无弯曲，也无回旋……（五、六句）

我坐在河边静静寻思，豁然明白了：它发源于远方——那里崇山峻岭，连绵不断！（七、八句）

这里值得我们注意的有三处：一是"雪冰艰"，诗人所咏是一条北方的小河，其实就是东北地区的小河；二是"万重山"，在明末清初的当时，东北地广人稀，长白山重山叠嶂，沟壑纵横，冬天随便可冷至零下四五十摄氏度，冰天雪地；三是"直行"，诗人显然在以小河比拟自己，他从温暖富足的岭南，被流放到这天寒地冻的塞外，感受之强烈，内心之痛苦，只有独自承受。他一方面自我安慰，如此诗前四句；一方面自我激励，如后四句。

这里，他以六祖"但行直心"自勉。不过，我们还可以这样解释诗的后四句：

诗人在检讨了自己的处境之后，沉静下来思索：能抗衡这命运的，应该就是六祖的精神——"众汲何曾损，直行绝往还。"

于是，他仰起头想象，岭南的南华寺祖庭，在莽莽的五岭万重山之下，那里，就是我人生的不竭源头！

释函可：招山中诸老

传言人云去，劝汝下云间。且看主人意，暂抛水石闲。此心无近世，随地足深山。莫学高峰老，频年坐死关。

中国有句古语，说："小隐隐于山林，大隐隐于市朝。"并且还流传着这两类隐士的典范。

属于小隐的如与孔子同时的楚狂接舆，他曾唱着"凤兮之歌"，讥刺孔子周游列国处处碰壁，惶惶终日，倒不如归隐田间，断绝与王侯交往。又如陶渊明，不肯为五

斗米折腰，归隐田园，写下《归去来辞》和田园诗，传诵千古。

属于大隐者，最著名的莫过于汉武帝时代的东方朔。他以"谪仙人"的身份，终身在汉朝廷当一名执戟郎，后人给予他"大隐金门是谪仙"和"终古汉家狂执戟，谁疑臣朔是星辰"的称誉。

在佛教中，也有一位类似于东方朔的"大隐"之士，就是和佛祖同时的维摩诘。他的智慧已经可以与释迦牟尼佛比肩，但却终生以居士的身份示人。后来佛教称赞他是诸大菩萨的代表，他与文殊菩萨的对话集《维摩诘经》，成为著名的大乘佛经。据说维摩诘不但富有家财，娶美妻生儿育女，不持斋戒，饮酒食肉，甚至出入各种声色场所。佛祖请他相见，他又诈病，因而与文殊菩萨展开了一场充满智慧机锋的对话。佛教说他是"以家居士相"，辅助释迦牟尼佛，对世人宣扬大乘佛教的教义。

六祖对《维摩诘经》是很重视的，《坛经》中一再加以援引。六祖主张"若欲修行，在家亦得，不由在寺。在寺不修，如西方心恶之人；在家若修行，如东方人修善。但愿自家修清净，即是西方。"就明显地受到维摩诘的启发。

这首诗即发挥了六祖的思想。

诗人邀请隐居山林的诸老到世俗中走一遭，对他们说：

此心无近世，随地足深山。

只要你们的心出尘脱俗，到了哪里，都如同身处深山中一样！

他又以棒喝式补上两句：

莫学高峰老，频年坐死关。

闭关作为修行的一种特殊方式，目的在于让修行人经历孤独自处的磨炼，从而达到超越尘世的更高境界（参见释道丘《入关漫作》诗解）。诗人并不认同这个修炼方式，称之为"坐死关"，在他看来，真理是"此心清净，即是西方"（六祖语）。一个人既然来到尘世之中，就不应该又加逃避，而要接受尘世种种诱惑和烦恼的考验，在滚滚红尘中摔打、修行。

这对于绝大多数不可能出家的世人来说，无疑是极富启发意义的。

释今无：舟至胥口有鮎鱼一尾重十四斤复买放生

复解鮎鱼索，全倾乞食囊。原无开济力，只检养心方。水更微生得，天从覆物长。年来衰白意，不可问沧浪。

放生，众所周知是佛教一种仪式。佛教通过提倡这一善事，宣扬普敬众生、不杀生和行善积德等教义。在《金光明最胜王经》中记载，释迦牟尼佛的前世，曾放生鱼群，并为之念诵宝髻佛名号，使鱼群寿尽离世后，立即转生为三十三天天子，而后皈依佛门，入于解脱大道。

这首诗所记载的，也是一件放生功德。诗人在为修建寺庙外出化缘的途中，行经苏州郊外太湖边的胥口镇，遇见有人捕捉到一尾重十四斤的大鮎鱼。诗人于是将身上化缘得来的钱，统统拿出来，向渔人买下，把它放生。据诗人的记载，在此之前，他刚刚放生了一条大鲤鱼、一条大鮎鱼。（《将米从蛋户换得鲤鱼一尾重二十斤鮎鱼一尾重三十六斤放生》诗）

在民间相传，这样的大鱼称为"鱼精"，认为它们属于精灵（或说它们是龙所变化），不是寻常之物。诗人之所以不惜竭其所有，来救赎它们，与这种古老的观念影响不无关系吧？也正因此事不同寻常，诗人特地把这两次放生写入他的诗中。

诗开头二句，叙述买鱼放生的事。

三、四句，对这一行为略加解释。

诗人说：

我本没有"开国济民"的抱负和本领，做点放生的善举，不过是以此作为修心养性的方子。

这里包含了如下的意思，中国古时候有"不为良相，当为良医"的格言，用以勉励一个人要有救世济人的志气。而诗人则说，自己完全没有那样的雄心壮志，做点放生的善举，也只为自己求个心安理得罢了。这话乍听很谦卑，甚至自私。但如果我们

联系到明朝覆亡、清朝实施民族专制统治的时代背景,联系诗人与其师函昰、师叔函可作为明遗民经历这"天崩地解"、国破家亡的巨大痛苦,就会明白这两句从"放生"引申出来的感慨,是何等深沉:国家不能救,人民不能救,以至于家人也不能相救,那就只好去救一两条大鱼吧!

五、六句,对放生的意义作申发。

诗人说:

对于江水,这微渺的生命算不了什么,但覆育万物的天道,却由此显示了它的力量。

在这两诗句中,诗人笔锋一转,豪气喷涌而出,一下就超越了"救国济民"的世俗标准。诗人以"覆育万物的天道",与佛门的大慈大悲相比况,既说明了放生的佛门用意,又暗示了自己的抱负和胸襟。

诗的末尾,直抒胸臆:

年来衰白意,不可问沧浪。

衰白,体衰发白,指老。沧浪,是一个典故。《楚辞·渔父》中说到,屈原因为政见不合,被流放到汨罗,一天,他行吟泽畔,遇上了一个打鱼老人,与之交谈起来,屈原说:"举世皆浊我独清,众人皆醉我独醒,因此被排斥而流放在此。"老人对他说:"众人皆醉,何不随之醉?世途混浊,何不随之浊?"于是一边划船离去,一边唱歌:"沧浪之水清兮,可以濯吾缨(按,即帽带)。沧浪之水浊兮,可以濯吾足。"

诗人以衰老之年,为化缘建寺四处奔走,向达官富人求乞,许多人都不能理解。今日,恰逢他"行吟江畔"又遇着渔夫,关于"沧浪"的故事不期而浮上心间。于是他借此故事,表示要和屈原一样,坚持自己的信念,决不动摇。

作者简介

今无(1633—1681),字阿字。广东番禺人。本万氏子,年十六,参雷峰函昰,得度,为函昰第一法嗣。十七受《坛经》,至参明上座因缘,闻猫声,大彻宗旨。监栖贤院务,备诸苦行,得遍阅内外典。十九随函昰入庐山,中途寒疾垂死,年二十二,奉师命只身赴沈阳谒师叔函可,复渡辽海,涉琼南而归,备尝艰阻。后常住海幢,为修建寺院奔走化缘,功莫大焉。

释今无：口占

　　天与孤僧便，萧萧一叶舟。月无通夕照，人有百般求。水鹤思量步，惊鱼造次游。自磨吾宝镜，高挂凤麟洲。

　　诗人表字阿字，在前面函昰诗中已曾提及。他是函昰第一法嗣，受到其师和师叔函可一致称许。他年少出家，早年已经得悟大法，以后受命北上辽海，南下琼州，备极苦行。中年以后，全力兴建海幢寺，到处化缘，周旋于达官显宦、富贵人家之中。他诗才颇高，但所留下的诗集，一半以上是世俗应酬之作。他还与率清兵南下、血洗广州城的"平南王"尚可喜有良好的交情……这些，不免引起时人与后人的讥议。

　　一个早得了悟、历经苦行的高僧，后半生却奋身红尘，究应如何理解？在上面《放生》一诗中，我们已经可以约略知道今无的精神境界，他绝不是那般贪图金钱、屈膝权贵的凡夫俗子软骨头。而眼前这一首诗，更可帮助我们深入地了解这位得道高僧的内心世界。

　　这首诗写于夜行舟中。诗人为化缘修庙，独自一人奔走旅途，因为临时起了风，所以挂起船帆连夜进发，还窃幸老天爷与我方便呢！这时月亮已经隐没西山，周遭一片昏暗，诗人不禁叹息：

　　月无通夕照，人有百般求。

　　月亮也要歇息了，人却终日奔波劳碌，百般谋求，所为何来？！

　　他静坐默想，这尘世也就如此，你看那河滩的水鹤，慢吞吞迈着细长的腿，其实在暗中窥伺猎物；而水中的鱼儿，刚从鹤嘴下捡回一条小命，慌忙四散逃开……正所谓"大鱼吃小鱼，小鱼吃虾米"，"螳螂捕蝉，黄雀在后"。满世界都在谋求，为满足一己的贪欲而忙个不停。我的作为，看上去也跟他们差不多。所不同的是，我并非为了自己。

　　自磨吾宝镜，高挂凤麟洲。

诗人自问自答道：我之所以半生劳碌，为修建寺庙百般谋求，其实是把这作为另一种苦行——"自磨吾宝镜"。"宝镜"喻指诗人悟道之心，亦即他的佛性。诗人说，他要将这"宝镜"高高地挂在凤麟洲的上空。"凤麟洲"，语出西汉时人东方朔所著的《十洲记》，是西海中一座仙山。这里，诗人借以比喻佛教的"西方极乐世界"。

六祖指出，修行"在家亦得，不由在寺"。在这个尘世中，什么都可以是修行，行、食、坐、卧皆是禅。当了和尚要修行，了见自性，顿悟成佛之后，也还是要继续修行。六祖得传衣钵，成为禅宗第六代祖了，他也仍然要修行，直到坐化离世为止。今无在这首诗里，表达了同样的意思。

释今无：枯吟慈修两公从丹霞奉老人命至海幢强予开法却赠

丹霞禅客即双星，微雨春帆岸草青。推毂可知恩似海，扪心无那冷成冰。晴鸠唤树云犹墨，寒月惊弦魄未盈。向说此宗无语句，不教钟鼓动长汀。

天然和尚一生致力于兴复禅门，他付法于十弟子，也即著名的"十今"，命他们在广东、江西、福建各地建立寺院，升座开法。作为第一法嗣的今无，在广州城珠江南岸修建海幢寺，据《广州市志》记载，他在康熙五年（1666），购置寺旁山地，大兴土木，投入了半生精力，至康熙十八年（1679），先后增建殿、阁、院舍23座。

康熙七年（1668），天然派了枯吟、慈修两位僧人，从丹霞别传寺来到广州海幢寺，向今无传达了要他升座开法的意旨。今无接待了这两位"特使"，并写了这首诗予以推辞。

诗的起二句，叙述枯吟、慈修两僧的光临。

他们乘着船，在春雨中抵达海幢，踏上了青草萋萋的河岸。

接下来二句，委婉地表达了推辞的想法。

"推毂",原来是指古时王者为出征将军推车轮子,以表示隆重的礼遇。后用来泛指"推重"的意思。诗人对师尊天然和尚委以重任表示感恩,同时又说自己对住持一席实在缺乏热情。他当然知道,这是一副重担,当上住持,就要面对整个社会,一切世俗应酬都是无法回避、身不由己的。这对于诗人来说,实在是一件万分无奈的事。"扪心无那冷成冰"七字,诗人用极端的比喻来形容,自己对"海幢寺住持"这一冠冕堂皇的身份,是何等的视如敝屣!

诗的后半,诗人反复申说了推辞的理由。

晴鸠唤树云犹墨,寒月惊弦魄未盈。

白天,暂时的放晴,引来了斑鸠在枝头啼唤,但天边的乌云还是黑压压一片。晚上,凄冷的新月升起来,就像是一张满引的弓,令人想起杀戮,暗暗心惊。

这样写景,显然是有所隐喻的。

其实,诗人是比喻当时的社会环境:康熙元年(1662)起,广东实施迁海,这是清王朝为巩固其统治的措施之一,也是后来"闭关锁国"政策的嚆矢。此举造成广东沿海民生大混乱,老百姓损失惨重,数十万人流离失所,无以为生。此诗写于康熙七年(1668),正是迁海造成严重后果,地方大员上书朝廷要求改变之际。诗人觉得,在这种局面之下,宣讲佛法真不知从何说起?于是他搬出禅宗"不立文字,不落言筌"的传统:

向说此宗无语句,不教钟鼓动长汀。

一句话,升座开法之事,就免了罢!

在天然老和尚的坚持下,今无最后还是出任海幢寺住持,而且开坛说法。不过,他却将精力投入建寺之中,常常以化缘为理由,奔走四方,过着独自漂泊的日子。

释今无:送吼万维那慧均典客请佛舍利于栖贤
(四首选一)

生当末法已违时,尘刹身心愿奉之。布地岂辞头发短,然灯古佛几曾知。

　　吼万和慧均奉命出发往庐山栖贤寺，去迎请佛舍利来海幢寺供养。这自然是一件盛事。诗人为此前后写了八首绝句，以纪其事。其中，称颂之余，诗人还表达了自己兴奋的心情。

　　这诗首二句，说自己虽然生逢世乱，但愿为海幢寺奉献全部身心。

　　末法，是佛教的一种说法，认为释迦牟尼佛入灭之后，世界依次经历正法时代（约500至1000年）、像法时代（约1000年）、末法时代（约1万年）。认为末法时代佛教将衰微，人心由"本善"变为"本不善"。诗人说自己"生当末世"，与时俗的坏风气格格不入。他称海幢寺为"尘刹"，这一点值得注意，表明诗人视海幢寺亦如浮尘；但是，他却又心甘情愿把一生精力，奉献给这"尘刹"，这表明他把自己的"身心"也视同浮尘而已。

　　诗后二句，说自己虽已衰老，却将竭尽全力，也不考虑个人得失。

　　"布地"，意指修建寺庙，佛经记载，当初，有须达多长者欲修建精舍，请佛住。他找到祇陀太子园，广八十顷，觉得很合适。于是向太子说明来意，太子与他打赌说："你如果能够用金子布满这园，我便将它给你。"长者真的用金子铺地，买下了太子园，把它命名为祇树给孤独园。释迦牟尼在此宣讲大乘佛法，使之成为一个著名的道场。

　　"头发短"，是说年纪衰老，《左传》记载，齐国国君到莒邑打猎，召见被流放的旧臣卢蒲嫳，卢流着眼泪请求赦免，说："您看我的头发又疏又短，这样衰老了。我还能作反吗？"齐侯说："好吧，我考虑考虑。"随行的子雅反对，说："他头发虽然短，心计却很长哩，千万别相信他！"诗人借用此典故来说自己不会以衰老为缘由来推卸修建海幢寺的重任。

　　最末一句，诗人又借用了一个典故。据说释迦牟尼未成佛之时，曾经奉燃灯佛，因见地上泥泞，便脱下皮衣铺地，但是还不够，于是解开发髻，把长发铺在泥泞上，让佛踏着走过。佛为他授记，说："是后九十一劫，名贤劫，汝当作佛，号释迦文如来。"诗人意思是说，对于我的微薄奉献，大概燃灯佛是不会知道的吧。

　　这里，诗人是以"头发"来做文章。上面说自己头发短，于是联想将不能如释迦牟尼以长发奉佛，当然也就不会获得燃灯佛的授记。

　　不过，在诗人看来，这实在没有什么：因为我以浮尘之躯，修建浮尘之庙，二者皆空，了无所得。能不能得到授记，又有什么关系呢？

释今无：喜吼万慧均二公从匡庐奉佛舍利还
（四首选一）

何曾幻相是如来，好眼当从幻处开。惊得莲花抽宝焰，大千无地着寒灰。

这是一首咏叹佛舍利的诗。

据佛教文献记载，佛祖释迦牟尼去世火化后，在火化他的遗体时从灰烬中得到了一块头顶骨、两块肩胛骨、四颗牙齿、一节中指指骨舍利和84000颗真身舍利子。舍利子，是晶亮透明、五光十色、坚硬如钢的砂粒状物，印度语称之为"设利罗"，中国译为"灵骨"，俗称舍利子。

佛祖的这些遗留物被信众视为圣物，争相供奉。据佛经《大般涅槃经》记载说："若见如来舍利，即是见佛。"又说："供养舍利即是佛宝，见佛即见法身。"今无派遣吼万和慧均往庐山迎请佛舍利来到岭南，供养在寺，这对于海幢寺来说，自然是一件无上光荣的大事。

但是，在这首诗里，诗人却发表了与上述佛门经说相反的见解。且看——

第一句，诗人说，佛舍利不过是佛传世的幻相而已，既然是幻相，怎么能说它就是"如来"（即"佛"）呢？

第二句，诗人又接着说，能够见到佛舍利，毕竟是难得的大好事，它对于坚定信众对佛教和佛理的信心，还是大有好处的。《法华经·如来寿量品》记载了释迦牟尼的解说：

众见我灭度，广供养舍利，咸皆怀恋慕，而生渴仰心，众生既信服，质直意柔软，一心欲见佛，不自惜命身。

在这里，诗人虽然仍然视佛舍利是"幻处"，但它吸引了信众的眼，因而使之向善——令他们的"好眼"张开了。

诗的后二句,是对佛舍利的赞叹。

如果说,诗人在前面用了"色即是空"来评价佛舍利的话,那么现在诗人则运用"空即是色"来作赞叹。他说:

在供奉佛舍利的莲花宝座上,烛火大放光明,仿佛也吃惊地睁大了眼睛。

而大千世界变得如此渺小,竟然无法承载这撮佛灭度后剩下来的"寒灰"!

当默对佛宝的时候,诗人并没有陷入对佛舍利的盲目迷信。他通过这首诗,重新申说了"空即是色,色即是空"的佛理。

释今严:梅花

寒香日以远,瘦影日应疏。只此情何限,令人思有余。雪残浑欲老,春色可谁如。石上闲相对,无言又起予。

诗人二十余岁即追随天然和尚出家,长年居住在庐山归宗寺。当时生活环境十分艰苦,有时整天只能吃一餐粥,但他立志要将《大藏经》从头阅读一遍,虽然忍饥挨饿,仍然坚持研习不辍。

庐山有梅林,每到冬春之交,梅花冒雪盛开。诗人觉得梅花清高修洁,和自己修行的处境颇相类似。他写了不止一组咏梅诗,来表达他的感想,这首诗是其中的一篇。

诗的前四句,写诗人对梅花的思念。

在冬天即将过去,春天就要来临的时候,诗人在寺中想起了梅花:已经有好些日子没出门了,那冷冷的、幽幽的清香,已经离我远去;那映照在月色中瘦削的身姿,现在一定愈发显得疏落了吧?

于是,他再也按捺不住,怀着思念之情,动身下山了。

诗的后四句,写诗人与梅花相对,并深受启发。

"起予",启发了我。源自《论语》,孔子和他的弟子卜商谈论《诗》,孔子因为卜商的提问受到启发，便称赞说："起予者商也，始可与言《诗》已矣。"在这里，诗人说，梅花虽然默默不语，却已经启发了我。这是什么意思呢？

关键在五、六句，这全诗之中正式描写梅花的句子：

雪残浑欲老，春色可谁如。

"雪残"，既是说自然之雪，冬末积雪融化，又是说梅花，本来成片的梅花，现在大半凋谢了。梅花凋谢，故说"浑欲老"，她就像要整个儿衰老啦。"春色"，也是一语双关，既指将到的春天的百花，又指眼前的梅花。梅花虽然不在春天开放，本来算不得是"春色"，但是，在诗人心目中，她就是春色，是春天的使者，她身上就包含着"春色"的信息。诗人说，这春天的色相，有谁能比得上她？

这梅花，不正像在庐山归宗寺里修行的诗人，在十分艰苦的境地，固守着普度众生——引领他们前往佛地乐土的使命吗？

作者简介

今严（？—1658?），字足两。广东顺德人。俗姓罗，诸生。弱冠从天然禅师求生死大事，明桂王永历三年（1649）脱白受具。十二年奉命往嘉兴请藏，还至归宗，阅大藏一周，遭岁俭，日止一糜，研览不辍。病还雷峰，卒。

释今严：石人峰腊月菊花

敛息危峰坐，落英满涧阴。重矜柔弱质，亦得岁寒心。根不寄篱下，香能待雪侵。何人餐不尽，起我一长吟。

自从爱国诗人屈原在他的名作《离骚》中，写下这样的句子：

朝饮木兰之坠露兮，夕餐秋菊之落英。

把秋天菊花零落的花朵作为食粮，就成为表达隐士高洁情怀的象征。

庐山石人峰，也即栖贤古寺坐落的地方。冬天，在石崖涧谷边竟然开满了菊花。这样的奇景，想来并非每年寻常得见，所以诗人专门作诗把它咏叹一番，并借此将自己的素志予以表白。

诗开头的一、二句和末尾的七、八句，正是以屈原《离骚》句子的典故，加以敷衍的：

诗人正收摄心神，在石人峰的一处幽静之所打坐，不经意间却见到无数野菊花铺满了涧谷。

他于是想起屈原上述的名句，想到这乃是隐士高人的美食，又想到他们一定是因为吃不完，才会让这许多落花遗留在此。

于是他说，我也因此要把它拿来咏叹一番。

诗的重点，其实是在中间的四句，对腊月菊花的描写。

菊花本来是在秋天开，并不过冬的，因此一向对它的称赞，都只是说它傲霜。想不到这山野的菊花，以它柔弱的体质，竟然葆有耐岁寒之心，令人不禁肃然起敬。

这菊花，它扎根荒山野涧，远离村落人居，并不需要人们的欣赏；而它管自散发清香，等待着冬天的第一场雪，却没有丝毫畏惧之色。

我们不妨试想，这石人峰的腊月菊花，又何尝不是诗人自己？据诗人本传记载：

病还雷峰，爱栖贤山水之胜，扶病强行。居无何，竟以宿疾蜕于五乳峰静室。

确实，这几句诗，正可以看作诗人为自己的一生所做的写照。

释今沼：出家日自嘲二首

蹉跎到此竟何为，才撇尘缘万事宜。已觉形容除俗态，任教颠倒落僧祇。眼昏且喜经文大，鬓秃如藏腊序卑。四十披缁谁谓老，只应精猛事吾师。

故交屈指复谁存，似我余灰尚足论。于世已惭微友道，入山偏觉谬师恩。时擎粥钵烟村外，闲放棕团水石根。从此名山

高顶上,一凭筋力恣孤骞。

诗人四十岁出家。在此之前,他与佛门有多年的交往,至此才下决心遁入空门。孔子曾经说:"四十而不惑"。意思是指人到了四十岁上,对于人生已经了然于心,没有什么疑惑。诗人大约也是如此,这两首诗,用"自嘲"的方式,记述了他的"不惑"——对于出家的感想。

在第一首诗中,诗人以"蹉跎到此"四字,概括了他半生的经历。

蹉跎,意指老大无成。四十年过去了,回顾半生,一事无成,年轻时候的理想到哪里去了?四十年就仿佛做了一场梦!这种空虚、迷惘、苦恼、无奈,手足无措的感觉,可不就是因为"尘缘未了"?于是诗人以出家来结束它,他觉得这样一来,如同重新做人,就万事皆宜——什么事情都妥当了。

剃光头发,换上僧袍,他完全成了另一个人,神清气爽,过去那心神不定、矮人半截的猥琐态度,一脚踢走。诗人说,由别人嘲笑我抛家弃子,行事颠倒吧,管他呢,这出家当和尚的路,我走定了,不会后悔。

诗人的自嘲,集中在"眼昏"和"鬓秃"。

年岁不饶人,诗人说,虽然眼昏,好在佛典经书的字足够大,还能看得清楚;虽然鬓秃显老,却正好掩藏了刚才出家,资历低微的身份呢。

"腊序",以出家年龄先后排序,出家年龄,称为"僧腊"。

在第一首诗中,诗人主要从自身回顾。在第二首诗中,他转而从人事方面追忆。

40年间,好朋友都死了,扳着手指头数数,我在这场浩劫中成了幸存者——劫火烧过以后,剩下的一点灰烬。

在明朝覆亡,清朝建立的历史巨变中,诗人亲身经历了发生在广东的一系列事件:广州清军屠城,陈子壮抗清义军起义,永历王朝败退广西,等等。他的好朋友们,不是死于起义,就是死于乱世,而他却爱莫能助,束手无策,只有眼睁睁地看着他们一个个离去。这种深痛巨创,令他心灰意冷。诗人说,自己终于能够剃度出家,实在要感谢乃师天然和尚的开解引导,大恩大德。

往事既已不堪回首。诗人于是在感谢师恩之余,以重新做人的心态,向前瞻望:

我将托着粥钵走往炊烟袅袅的村子,沿门乞食;或者把讨来的剩饭团放到小溪中,让水里的鱼儿分享。

我将追随老师天然大和尚,登上庐山这座名山,在那高高的山顶上,凭着自己的不懈努力,纵情地展翅腾飞!

这里还需要谈及一个背景,就是前一年,南明最后一个政权永历王朝,由于发生内讧,加上清军进逼,逃离了中国,暂避到缅甸。这一事件,使遗民们陷入彻底绝望之中。诗人和天然和尚的第二法嗣今觌,都于次年,同以不惑之年,出家为僧,应该与此不无关系。

作者简介

今沼（1621—1665），字铁机。广东番禺人。天然禅师族侄。原姓曾，诸生。明桂王永历十二年（1658）迎天然老人返雷峰。永历十四年（1660）开戒，与石鉴禅师同日受具，命司记室，寻升按云堂。随杖居东官芥庵，益自淬励。一夕坐亡。

释今觋：题赣州光孝寺廉泉

古寺石亭阴，一泓乃幽旨。皓月光与涵，清风澹相倚。渠汲鸣辘轳，摇湛自澄止。厥称曰廉泉，嘉名世所异。廉贪各有受，此泉原无已。廉固非所钦，贪亦何足耻。不易夷齐心，岂洗盗跖耳。涓涓惟自知，消息绝终始。临流发浩叹，相怜独我尔。

关于赣州光孝寺和廉泉，笔者从网上搜得若干资料，摘录如下：

据《清同治赣县志》记载：光孝寺在郡城东南廉泉右。晋时建，后废，唐高宗时，指挥邱崇重建。光孝寺曾被誉为"赣南首刹"。康熙五十三年（1714），僧人成广募款重建。

据宋代祝穆撰《方舆胜览》云："廉泉在报恩寺，本张氏居，宋元嘉中，一夕霹雳，忽有泉涌，时郡守廉，故以为名。"旧志载，该泉"水极甘洌"，有"章贡第一泉"之称。

由此可知，赣州光孝寺在诗人游览之时已经破败，但廉泉仍在，从诗中描述，可以想见廉泉一带的光景：

从廉泉流出来的泉水，通过一道明渠流出，在光孝寺、东坡夜话亭一带汇成一泓池塘。

池畔绿树荫蔽，清风送爽，夜晚月光倒映池中，波光融泄。

泉眼之上，有辘轳可供汲水，当汲井人离去，井里的水便由晃动归于静止。

诗人游览到此，赏玩过美丽的风景之后，兴之所至，便发了一通议论。他说，这泉有一个美名，叫做"廉泉"，这是世人所特别加以标榜的。不过，据我想来，这廉也好，贪也罢，其实都是人世间的事，应该由那些官们去承受。而泉只是它自己，它并不会因为人们给它"廉泉"的名字而高兴，假使叫它做"贪泉"，它也不会为之感到羞耻的。那首阳山上不食周粟的义人伯夷、叔齐，或者横行天下的大盗跖，来饮这泉水，用来洗脸，这泉水也不会因之有什么改变。

诗最后四句说：

这泉水，它是那样澄澈自得地流淌着，

既没有开始，也没有终结。

它和我的心境是如此相似！

泉啊，只有我真正了解你，由衷地赞美你。

《坛经》中六祖曾经对"无念"作如下解说：

若无尘劳（妄念），般若常在，不离自性。悟此法者，即是无念。无忆无著，莫起杂妄，即自是真如性。用智慧观照，于一切法不取不舍，即见性成佛道。

在此诗中，诗人则是借泉水来比拟"真如性"，它照见一切法，而对之不取不舍：廉与贪、夷齐与盗跖，即是种种世相，而诗人的真如性，就如同泉水一般。"此泉原无己"，"涓涓惟自知，消息绝终始"，也就是"无忆无著，莫起杂妄"，"无尘劳妄念，般若常在"。

作者简介

今覞（1619—1678），字石鉴。广东新会人。本姓杨。鼎革后遂谢诸生，明桂王永历十四年（1660）落发雷峰，为天然禅师第二法嗣。

释今㟧：出家

乾坤龙战几雕伤，三十为儒鬓已霜。落叶易归根底冷，好花难问眼前香。故投方丈求真性，羞把文章媚后行。此别万峰人世断，家书休寄白云乡。

百里江门雨雪封，逡巡十日见雷峰。孤舟未到桥边寺，隔浦先闻岭上钟。童子迎风开晚径，阇黎支杖出深松。相看话我来何暮，坏色条衣代早缝。

清顺治六年（1649），广东仍在明末余政荫覆之下，当时，新会县令万兴明邀请天然和尚到大云山龙兴寺说法。诗人大约就是在此期间，追随天然出家的。

诗人曾经以诸生身份，准备参加广州的乡试，由于临时遭遇家难，遵照礼法，要居家守孝3年。而就在这3年中，李自成领导的农民起义军攻陷北京，崇祯皇帝朱由检在煤山上吊自杀，明朝覆亡。不久，世居关外的清朝挥军大举入侵，明朝的皇子皇孙由各地军民拥戴，奋起抗清。在这样的时世之下，读书应试进入仕途，已经无望，有的士人投奔抗清义军，有的士人则退隐林下，其中部分干脆选择出家。诗人属于后者。

这两首诗，是诗人出家时所作，从中我们可以窥见当时某些士人的心理和岭南的世相。

第一首当写于诗人刚落发为僧之时，其中自述了出家的缘故，以及与家人的诀别。

首句写时世，以"乾坤龙战"概括了明清之际的社会动乱。

《周易》的"乾卦"中有"龙战于野，其血玄黄"的卦辞，后世常用来比喻国家陷入战乱。这里也是如此。

次句归到自己。

其时诗人已经30岁，自孩童时代进学读书，算来也有十几二十年了，苦学不辍，熬到而今，两鬓如霜。

三、四句，分说自己目前的境遇和选择。

"落叶"句指守在故乡，问题是家境贫寒，亲戚很少，缺乏隐居的条件；"好花"句指出门求仕，但成功与否，前途难卜。好花，比喻美好的前景。

五、六句，说出家的决定。

一方面，是放弃仕途——羞把文章媚后行。后行，是说自己如今应试已然落后。另一方面，则是皈依佛门。方丈，指天然和尚。求真性，即但求"明心见性"。

最后，是留给家人的话。

诗人嘱咐说，出家人六亲不认，我出家以后，你们不必挂念我，也不要给我寄信通报消息了。万峰，比喻出家与俗世的隔断。白云乡，原指神仙居所，诗人这里借指佛门。

据记载，诗人出家之后，即随侍天然和尚在龙兴寺说法，尔后返归番禺雷峰海云寺。第二首诗，当作于归海云寺之时。

如果说第一首诗是告别过去，不无遗憾，情绪较显低沉的话，第二首诗，则展露出诗人出家后的轻快心情。

起二句，叙述了跟随师父天然和尚，从新会返回番禺的旅途。

时当岁末，沿着珠江北归，一路冷雨如雪，封锁江面。由于天气恶劣，船家谨慎驾驶，走走停停，由江门到广州，竟花了十天。终于，雷峰到了。

次二句，写船渐近海云寺时的情景。

放眼望去，还未见到寺庙的建筑和庙前的桥，却听到了寺里的钟声，透过雨雾，在雷峰顶，悠然叩响……

五、六句，写船既靠岸，与寺中众人相见。

先是看门的小和尚打开寺门，江风吹拂，夕阳乍现；然后是寺僧们在阇黎带领之下，迎出门来。

阇黎，全称阿阇黎，意译为"轨范师"，是寺里堪为导师的资深和尚。

最后两句，叙说海云寺对于自己的欢迎、关爱，透露出诗人出家后的喜悦之情。

坏色条衣，即僧袍袈裟，因为僧衣的染色避免用五种正色和五种间色，故谓之"坏色"。寺里的和尚已经替诗人准备好僧袍，这一细节既体贴，又亲热，如同一个大家庭，而这一刻他已成为"自己人"。

不妨这样看，诗人在前一首诗写"出家"，而后一首是"到家"——雷峰海云寺给了他"家"的感觉。

作为一组诗，诗人在写法上也有讲究。第一首以述情为主，写景不多，且为象征式、借喻式。而第二首则是以写景为主，情事的传达，均不离景物描写。这样安排，使得两首诗呈现出一虚一实，一淡远一浓挚，融合成为一个有机的审美意境。

作者简介

今帾（1618？—1690），字记汝。广东新会人。原姓潘，诸生。将应乡试，适以忧解。服阕，弃诸生，从天然老人受具。明桂王永历十五年（1661）为雷峰典客，后随杖住丹霞，充记室，再从老人住归宗。清康熙二十四年（1685），老人入涅，复返雷峰。二十九年（1690）还古冈，访寻故旧，忽示微疾，端坐而逝。

释今白：春经白寒兔

自陷隍至通判府多峻岭，中有大涧，泉行石上，如雷奔雪飞，土人呼为白寒兔，从岭路上俯视万仞，亦奇观也。

数里雷霆喧白昼，一溪风雨洗晴春。千年树下未归梦，万仞峰头欲老身。流水无心寻杖笠，云霞有影伴闲人。高低曲折山前路，又遣芒鞋入世尘。

陷隍、通判，是当时的地名，都在今广东梅州市丰顺县境内。诗人路过此地，恰逢春天，他被山川的美景深深陶醉，写下这首诗以作纪游。

白寒兔不是地名，而是当地居民对春天丰水期，一条汹涌的溪涧之称呼。正如诗人在小序中的描写："泉行石上，如雷奔雪飞。"白，形容水流湍急奔涌如雪；寒，形容人在溪边感受到的早春寒意；兔，形容溪水怒奔，水沫激溅于石上，恍似无数野兔。谁说山里人质朴无文呢？这"白寒兔"三字的命名就极形象，又极奇诡，自古及今，似乎还未见过，有哪位诗人能如此地想象。

也许，我们的这位作者也自愧不如吧？在这首诗中，他没有据此来发挥。

开头的两句，是正写白寒兔的，但除了特别采用骈句作润饰之外，叙述只是信笔而下，还不及在小序里寥寥几句话，来得传神。把它拆开再拼凑起来，诗人大意是说：

"一溪""数里"，其响若"白昼""雷霆喧"，其飞沫如"晴春""风雨洗"。

中间四句，诗人把重心移到人与自然之间。

这里有千年古树，我在树下打了个盹，梦中回到了我的故乡。

这里有万仞高峰，我登上峰顶遥望故乡，慨叹流浪经年，年华逝去，垂垂老矣。

我脚下这春天的溪涧，浩浩汤汤奔流到海，丝毫不在意我这戴着竹笠、持着藤杖的旅人，在向它注视。

只有天上的云霞，投落片片斑驳的影子，与我这孤独无聊的身影相伴随行。

在崇山峻岭之中行走的人，特别容易感受到个人的渺小和孤独，容易惹起对人生的反顾和咀味。但是，诗人却毫不在意，他是如此地喜爱这种处境，因为它与闭关坐禅的感觉十分相似。你看，当他不怕辛苦，走过了"峻岭"和"大涧"之后，是怎样为这首诗作结的吧——

高低曲折山前路，又遣芒鞋入世尘。

在诗人看来，真正"高低曲折"的，不是山中的路，而是"山前路"，亦即世间的道路。他为自己将要重新走进这滚滚红尘，深致叹息。"又遣"二字，包含着诗人的几多无奈啊。

作者简介

今白，字大牛。广东番禺人。俗姓谢，诸生。明桂王永历七年（1653），皈天然禅师薙染登具。十年（1656），值雷峰建置梵刹，工用不赀，白发愿行募，沿门持钵十余载，丛林规制次第具举。一夕行乞，即次端坐而逝。

释今龙：山居杂咏

月出鹭性悦，自忘清影孤。溪风飒然至，扫我林间枯。兀坐草芒伏，振衣云点无。石梁横巨壑，不用一枝扶。

唐代大诗人李白有一首《独坐敬亭山》诗，很是有名。诗曰：

众鸟高飞尽，孤云独去闲。相看两不厌，只有敬亭山。

在诗中，李白一方面把敬亭山当作知己，另一方面则借敬亭山比喻自己——超尘脱俗，傲兀不群。他于是在孤独之中，蔑弃尘世。

大乘佛教教人舍弃尘世，视尘世如梦幻泡影，因而把孤独自处，回向自心，作为一种重要的修行之法。正如六祖所说："佛是自性作，勿向心外求。"典型的做法有"闭关"（参见释道丘《入关漫作》篇），而僧人在山野间诛茅结庵，独自进行禅修，

则是另一种较为常见的方式。

《山居杂咏》，即记录了后一方式中，诗人在禅修过程的感受。我们且看其中这一首：

诗的开始，出现在读者眼前的，是一幅《月鹭图》——月光下，一只白鹭正悠然自得地在溪边徘徊。但紧接着，就听见了诗人的旁白："它的身影显得那么清高，可是却忘记了它又是何等的孤零啊！"

这一声叹息，岂不是诗人在顾影自怜？远离世间，与人群隔绝，并不是一件容易的事。尤其是在夜晚，当自然界一切活动安静下来时，人便格外感受到孤独的压迫、折磨。

这时，月光下的白鹭引起诗人的羡慕：它完全忘却孤独，尽情享受着月光的照拂。其实这又可视作诗人在独居山野，坐禅入定的感受，此际的他达到了"无人相，无我相，无众生相，无寿者相"的"无四相"的境界。

诗的三、四句，一个"我"字，令他在"无四相"中惊醒过来。

在宁静中忽然刮来一阵秋风，把树林中枯萎的树叶吹得窸窣作响，纷纷从枝头飘落。这既是自然界的风景，又何尝不暗示着坐禅中的心潮？杂念骤然而起，不期而至，带来一阵不安，心灵的骚动。清人龚自珍《夜坐》诗云："秋心如海复如潮"，说的也是坐禅时的感受，诗人在此不过写得较为含蓄一些罢了。

五、六句，写诗人结束坐禅。

他从倒伏的芒草丛中站立起来，整理好衣袍，感到了万虑尽息，一身轻松。这里值得指出的是"振衣云点无"一句，表面看去，诗人在写禅坐久了，衣袍上停留下山间的云气，现在起身，把衣袖抖抖，让云气飘散。而诗人其实是暗喻禅定后无所牵挂的心情。（这让人想起徐志摩《再别康桥》中的名句："我挥一挥衣袖，不带走一片云彩。"）

最后两句承上而来。

诗人悠然四顾，他的眼光落在了横架深涧的石梁上，那是一整块巨石，它凌空飞渡，不需要任何凭借。"不用一枝扶"，这巨石岿然独立，气势磅礴，却又一空倚傍，自由自在。这无疑又是诗人对孤独的礼赞，这个结尾，与李白之于敬亭山的观感，何其相似。

作者简介

今龙，字枯吟。广东茂名人。礼石波禅师受具。明桂王永历十三年（1659），参天然于雷峰，为典客，随入丹霞。会石鉴禅师分座怡山，奉命以监寺辅行。洎石公退院，从福州往参天童，当机大悟，木陈和尚付以大法。寻示寂天童。

释今回：受具后作

不那劳生与世违，名山新着比丘衣。风霜古殿听钟起，鸟雀柴门乞食归。病骨渐苏依好友，禅心无恙得忘机。寄书故旧无劳问，犹有僧闲学采薇。

受具，即"受具足戒"的省称。初出家受沙弥戒，成为沙弥众；然后再受具足戒，成为比丘众。受具足戒，便正式取得了僧伽资格。

诗人皈依佛门，并正式受戒剃发，穿上了和尚袍，开始过着出家人的生活。他写下这一首诗，表达了出家之后的感想。

诗人出生官宦人家，当明清易代之际，如何自处，何去何从，经历了一番折腾，而最终选择遁入空门这一条路，这在当时是颇有代表性的。至于他这一干人备尝的甘苦，内心的矛盾，非亲身经历不能体会。

从这诗结尾所说"寄书故旧无劳问，犹有僧闲学采薇"可以窥知，诗人采取这一决定，颇令一班老朋友感到意外。这些老友都是明朝的遗民，自清兵入关以来，就陆续投入"反清复明"的斗争，诗人也是其中一员。但是，当南明永历帝败亡，他终于失望，又不甘心奉事新朝，所以选择出家。这两句说，诗人寄信给朋友们，请他们不必再加讯问，而自己内心，是仍然固守着忠于大明朝的情结的。

这里诗人引用了一个典故："采薇"。司马迁《史记·伯夷列传》记载了一个故事：伯夷和弟弟叔齐，原是商朝时一个诸侯国的继承人，因为不愿继承国君之位，跑到周文王那里寄食。文王去世，周武王率八百诸侯攻灭了商朝，建立了周朝，但伯夷、叔齐认为这是不义之举，于是不再接受周的供给，隐居首阳山，采薇（按，一种山菜）而食，最后宁可饿死。

诗人用"采薇"来暗示自己的政治立场不会改变，而诗开头说"不那劳生与世违"，则是说自己对时世无法认同。

出家，使诗人获得了解脱，所以他在诗中间四句，描述了僧人生活虽苦却自由的情景：

一大早便忍受着寒冷，闻钟而起去做早课。

傍晚时分，鸟雀回巢了，才从外面乞食，饱受冷眼归来。

靠着一群僧人朋友的关心照顾，病体渐渐康复。

参禅打坐，听讲修行，内心摆脱了俗世的烦恼，获得宁静空明。

作者简介

今回，字更涉。广东东莞人。侍郎王应华仲子，诸生。其父与天然禅师为法喜之交，回少闻道妙。清康熙四年（1665），在雷峰落发受具，执侍左右，随师住丹霞，寻升记室。一日过溪，褰裳就涉，至中流遇江水暴涨，漂没巉石之下。

释今鹫：晚步松岭

依依岩畔挺虬姿，犹爱寒云恋旧枝。小立斜阳离幻境，抗怀千古在斯时。蝉吟风叶如知晚，鹤啄霜毛亦觉衰。剩有枯藤长作伴，竹坳松岛一支持。

今鹫的这首诗，所表达的情怀，与前面今龙的诗相近。

不同之处，今龙主要通过比兴的手法，较为含蓄不露，今鹫虽亦写景，间以抒情，因而较为显豁。兼且此诗为晚年之作，沉郁拗怒，老笔纷披，别是一种味道。

诗题为"晚步松岭"，"晚"字，既指傍晚，又隐喻老年之意。诗以松起兴，松既是松岭树木的特色，松树又是坚贞不屈风格的象征，孔子就曾称赞过："岁寒然后知松柏之后凋也。"因此，诗人亦借松树以自比。

诗的开头，先写松树。

它挺立于山岩边，伸展出粗壮的枝干——那恍如虬龙的姿态，多么惹人喜爱，尤其是，那苍老的枝丫上，几缕淡淡的云，依依不舍地缠绕，使它若隐若现。

于是，诗人借松树走进了我们眼里。

在松树边停下来，在黄昏的夕照中，稍稍休歇。在此刻，与松树一样，远离了红尘的幻境，超越了人世的时间。在这一刹那，觉得一千年也不算什么，因为我已经获得永恒！

如果说，在前半首诗中，我们见识了诗人大悟之后的精神境界。那么，在后半首诗中，我们又看到他仍然回到现实世界里来。

五、六句，是写景，而中含心境。

天色昏暗，众蝉的鸣声也变得稀稀落落的。一只孤鹤，用长嘴整理着雪白的羽毛，它也衰老了呢。

这两句，重点在"知晚"和"觉衰"。表面是写蝉与鹤，实际是借以隐喻自己。诗人虽然"抗怀千古"，却又免不了叹老嗟衰。这是人生的矛盾，通过修行，精神上可以超尘出世，而肉体则无法抗拒衰老和死亡。多么无奈！

最后，诗人摆弄着他手里的藤杖，喃喃自语道：好伙伴，天晚了，前面还有竹坳松岛，好多去处，要仰仗你的大力呢。

感受着身体的衰老，体味着人生的孤独，但只要一息尚存，还是悠悠长路，继续前行。于是，我们又恍惚看见诗人，那如同老松般倔强的英姿。

六祖曾说，肉身存在，使人不可能没有七情六欲。想要断绝杂念，只有死人才做得到。怎么办？那就唯有终生修行。

六祖于《金刚经》"应无所住而生其心"，一闻言下大悟，后来上黄梅，得到五祖传授衣法，当时六祖才三十多岁，回岭南来剃度弘法又三十多年。那么，六祖后半生既已顿悟成佛。还有没有杂念？要不要继续修行？我看答案是肯定的，不然他就不会说出上面的那些断语来。

作者简介

今鹫，字慧则。广东番禺人。诸生。世乱，隐居山野，教授生徒自给。清康熙四年（1665）受具，充丹霞化主，顷侍天然老人于归宗。十四年（1675），归雷峰，典客六年。受老人之遣入闽。会老人退休净成，遂留长庆守待。至老人入寂后，归雷峰坐蜕。

释今但：初到梅花庄口占寄诸法侣

幕天席地即绳床，微月峰头助夜光。拥毳坐来群动息，安心似不费商量。

禅宗史上流传着初祖达摩为二祖慧可安心的故事。

慧可问："您能够告诉我诸佛法印么？"

达摩回答："诸佛法印，不是从别人那里可以得到的。"

慧可想，正是由于我心里没有，才向老师求教。老师怎么这样回答呢？他感到迷惘，于是说："我的心很乱，请求老师帮我安定下来。"

达摩回答："好啊，你把心拿来，我帮你安定它。"

慧可想，心怎么能够拿出来？老师这是在启发我吧？他于是反复寻思，最后，他向祖师说："我想要找出我的心来，却什么也找不到啊！"

达摩微微一笑，说："我不是已经帮你安定它了？"

这故事说了禅宗的两个见解：

一是佛法要靠自己悟得。所谓诸佛法印，是说佛的妙法，如同王者的印玺，无往而不通行，得到它，即可通达无碍。慧可向祖师请教佛的妙法，祖师告诉他，这要从自己心里去找。

二是"安心"之处，在不可得。安心，也是佛家语，说心期待于某一点，而安住于此，确乎不动。安心在佛教诸派有不同的见解，禅宗是以不可得为安心之处。也就是说，当你心中什么也没有了，便得到了安心之所。

诗人这诗也谈到他对安心的体悟。

诗人离开原来的寺院，去到罗浮山一处叫做梅花庄的地方修行。其实这地方已经什么也没有，既没有村庄，也没有居人和住房。诗人就坐在野地里过夜，并且随口作了这首诗——口占——寄给寺院的和尚朋友，即法侣们。

把天当作帐幕,把地当作席子,我就像是躺在绳床上,悠然自得。

淡淡的月色,那是挂在山峰顶上的一钩凉月,为我添上一抹夜光。

我坐在这里,披着毳衣,侧耳聆听山中的空寂,一切仿佛都已安睡……

这时候,说"安心",心就安了。真是连一问一答都用不着。

毳衣,用羽毛织成的一种僧衣。既然除了自己之外,没有别人,要像二祖慧可跟达摩祖师那样问答,也不可能。诗人干脆就用"不费商量",来写出他的豁达。然而,诗人又在之前加上一个"似"字,这一不确定语词的引入,是用来表达他对寺院诸法侣的怀念之情的。是啊,能够像初祖、二祖那样探究如何"安心",岂不也是一件赏心乐事?

作者简介

今但,字尘异。广东新安(今深圳市宝安区)人。住罗浮山华首台,为天然和尚第九法嗣。

释古诠:卓锡泉

灵泉临皓月,空水共圆明。一掬能探砥,千瓢任取盈。饮思仁智力,沁得梦魂清。挹取军持下,能令烦热轻。

卓锡泉,直解就是用了僧人的护法器锡杖,在地上开凿出一眼泉水。

以"卓锡泉"命名的泉水,不知凡几,分布于全国各地。在广东就有多处,如新兴国恩寺、韶关南华寺、广州光孝寺中都有,传说都因六祖而得。

这首诗题咏的卓锡泉,是罗浮山三大名泉之一,本在华首寺中。诗人曾游华首寺,遍咏寺中景物,卓锡泉自然不可或缺。但是,诗人在这首诗中,却并非只是咏物,而是借咏泉水,来颂扬佛法。由于善用比兴,使泉和佛法,各展其美,与那般单纯说理的诗相比,别饶趣味,意兴盎然。

诗开头两句写卓锡泉的月夜。

这灵异的泉水,在明朗的月光下,是那样澄澈。仿佛天空和水里各有一个月亮,圆圆的……

诗人借助月亮,通过描写月亮在泉水中的倒影,渲染出卓锡泉不可言喻的灵异之感。而同时,他又暗地引入佛教有关月的妙喻(注意"圆明"这个用语,参见释元《玉台寺》诗解),启示"色不异空,空不异色。色即是空,空即是色"的佛理。

三、四句借写泉水,进一步称颂佛法。

这泉是那样清浅,只要把手伸下,捧一掬水,就触碰到了它的石底。但它又是如此深广,拿木瓢舀上一千瓢,它还是盈溢如故。

佛理也是如此,看起来好像很浅,其实则是深不可测。

五、六句写诗人试饮泉水的感受。

喝下这泉水,令人联想到"仁"和"智"的伟力。它是如此甘甜清洌,从口腹一直沁入头脑,连梦魂也变得像泉水一般清澈。

这两句也还是一面赞美泉水,一面赞颂佛法有益于人发挥仁心和智慧,使人的魂灵脱离世俗的浊尘,变得纯净、透明。

由此,我们也就不妨发挥想象,体会诗最后的结尾:

挹取军持下,能令烦热轻。

军持,即是盛水的壶,是佛家语。诗人劝说道:"装上一壶泉水,带着上路吧!它能够使你的烦热减轻。"诗人的深意,是劝世人学佛,因为它可以使心里承受着的烦恼、杂念,减轻一些。

作者简介

古诠,字言全。广东番禺人。俗姓黄。从天然老人薙染受具,特命诠领华首院事。以疲劳咯血,病蜕于华首。

释古易:扫花

荣落皆如幻,何曾生寂寥。高香仍带露,红影不污潮。水

阁人烟迥,山庭鸟语骄。春光当自娱,明日又花朝。

人们习惯用"荣落"来比喻世事的兴衰。"荣",好比春天到来,百花齐放,盛极一时;"落",就像春天过去,百花凋谢,一片落寞。

这首诗开头一句,写落花,其实也寄寓了世事人生。

诗人说:花开花落,当我们从转瞬即逝的眼光去看,无论是花开也罢,花落也罢,都是虚幻不实的。

他告诫说:因此,对着落花满地,大可不必视为寂寥而心生感慨。

这个断语,虽然不离"一切有为法,如梦幻泡影"的表达,但诗人的理解,却不同一般世俗,这里并无"消极厌世"的意思。恰恰相反,他在诗中展示的,乃是对生活的豁达乐观。且看——

落花,是大自然的一部分,它从高处随风飘散,仍然沾濡着露水,散发着芳香。

它飘落江中,摇漾着红影,伴随潮涨潮落,令江水平添了几许春色。

当游人在临水的楼阁,置酒高会,凭栏远眺,仍然能够从这落花天气,去欣赏春天的美好。

伴随着这对于落花的赞美,我们仿佛看到了诗人正在扫花,他捧起落花来,审视着,闻嗅着,陶醉着。他把落花抛洒到山涧中,看它们漂流而去,又翘首遥想着。而在他身处的佛寺庭院中,任从落花飞舞,鸟儿的啼啭依然是那么嘹亮。

诗人露出微笑,喃喃自语道:

春光当自娱,明日又花朝。

好好地享受这明媚春光吧,春天也还只刚刚过去了一半,明天是"花朝节",会加倍地热闹呢!

花朝,古代中国的民间节日,又叫"花神节",俗称百花生日。时间上南方北方稍有不同,北方在农历二月十五日,南方在二月十二日。

作者简介

古易,字别行。广东番禺人。俗姓崔。族本儒家,与从父广慈大师同师天然老和尚。逮终养后,挈其妇与一女一子相继禀具。初为雷峰殿主,迁典客,寻掌书记。尊礼旋庵湛公,恩如父子。临化以手枕卧,顺适而终。

大汕：楼居漫兴百咏（选一）

　　落日仍馀照，天风先到楼。清光常在我，虚壑已藏舟。短笛生桃坞，轻烟出蓼洲。沉寥江海上，闲杀一沙鸥。

　　明末清初，广州佛界忽然冒出一位风流人物。他长发纷披，作头陀打扮。他出手阔绰，经常置酒高会。他工诗善画，而且擅长园林设计、精于器物制造。据他的好友曾灿说："其于天文、地理、兵法、象数、书画以及诸子百家之技，无不贯通其源委。"他虽然身为和尚，却敢于饮酒食肉，并且创作描写男女之情的竹枝词，大有仿效维摩诘居士那样的风度！（参见释函可《招山中诸老》诗解）

　　这个和尚名叫大汕。他重建了广州长寿寺，自任住持。他交游广阔，上至平南王尚可喜这样的权贵，外至安南（今越南）阮氏王室，直至地方著名遗民屈大均、陈恭尹，以及当世名流吴梅村、陈其年、高士奇、王渔洋等，都和他有交情。长寿寺经常举办雅集，成为当时名流云集的"沙龙"。他被安南国封为国师，又将所得赏赐用于帮助澳门普济禅院、清远峡山寺、广州白云山弥勒寺复建，一时风头无两。

　　但是，大汕又是一个来历诡秘，生前身后聚讼纷纭的人物。有人说他是"妖僧"，有人说他"欺世盗名"，有人罗织了一堆罪名之后，由官府把他押返江南原籍，结果死于途中。大汕一生的行迹，真可以用那句咏野火的诗来形容："蓦地烧天蓦地空"。

　　说了一通大汕和尚的情况，现在让我们来看他的诗。

　　这是选自诗人一组长达百咏的抒情五律中的一首，这组题为"楼居漫兴"的诗，大都以大汕的自言自语写成，诗风清新明丽，含蓄蕴藉，耐人寻味。其中，透露出诗人确有着不可明言的身世，和难以言表的内心苦闷。从这首诗，也可见一斑。

　　诗从一个春天傍晚写起：

　　诗人独自在江楼上闲坐。太阳正向西天沉落，余晖淡淡。一阵劲风，从寥廓的江天吹下，令他精神为之一振。

月亮早早升了起来,诗人喜爱这皎洁、宁静的月光,它让他忆起许多往事。但是那一切美好的事情,都被岁月的尘土掩埋——当日的生命已经草草结束!

眼前的春天是如此美丽。桃花烂漫的村坞,有人正吹着一支短笛;人家的袅袅炊烟,悄悄地沿着长满蓼草的沙岸弥散开来。

诗人不觉抚心叹息,他梦想自己就像一只孤独的沙鸥,在那广阔无垠、混沌而又澄明的江海之上,飞啊,飞啊……

需要说明的,是"虚壑已藏舟"这一句。这里诗人用了一个典故,出于《庄子·大宗师》:

夫藏舟于壑,藏山于泽,谓之固矣。然而夜半有力者负之而走,昧者不知也。

原文的意思,是比喻生命之变动不居。后人于是把它作为一个典故,用来代指死亡。诗人在诗中大量的风景描写里,忽然引用这么一个典故,真如破空飞来,无首无尾,令人摸不着头脑。其实,他是隐指一段不可告人的经历,或者就是被他秘藏起来的身份。

大汕死后,人们追述其生平,谁也不知道他的真实的名字、籍贯,他何时在何处出家?来岭南之前,他曾居于哪个寺院?确如诗人所说,他的那段生命已经结束,被永远吹散在江海的无量时空。只是,当酒筵歌席曲终人散,诗人静下来,一个人面对自己的时候,那些往事就被重新唤起,把他深深陷入无边的寂寞之中。

根据近人的研究,认为大汕是一位潜伏的抗清志士。照我想,也许说他是一位在明清易代之际,自我流放的失败者,会更恰当些。总之,大汕和尚,始终是岭南禅宗史上的一个谜!

作者简介

大汕(1633—1705),字厂翁,又号石濂,亦作石莲、石湖、石蓬,亦号石头陀。俗姓徐,本籍江西九江。金陵僧,一云本吴僧。自称觉浪老人法嗣。安南国王请往开法。后主广州长寿寺。曾住持修建长寿寺、白云山麓弥勒寺、清远峡山寺,又扩建澳门普济禅院。大汕工诗,善画。

成鹫：闲居十咏（之一）

博山爇沉水，矮屋笼高烟。枯木发光怪，寒灰待火传。众芳闲里过，一味静中禅。空印真消息，深宵坐默然。（《焚香》）

焚香，在古时是一种生活风尚。

人们在许多场合都会焚香。例如，唐朝大诗人李白《杨叛儿》诗中写道："博山炉中沉香火，双烟一气凌紫霞"，写的是在青楼妓院中焚香，而诗人借来比喻男女之间的热恋之情。又如北宋大词人周邦彦《苏幕遮》词中写道："燎沉香，消溽暑"，则是在家中焚香，由此得知，古人有借焚香来祛逐湿气的习惯。清代词人纳兰性德《于中好》词写道："分明小像沉香缕，一片伤心欲画难"，则是在人像面前焚香，用以表示敬重想念之意。此外还有焚香弹琴、焚香拜月、焚香坐禅，等等。总之，古时候，并不像现在这么单调，只在求神拜佛祭祖时候才想到烧香。

诗人的这首诗，便是描写他平日闲居生活的一个断片——焚香坐禅。

在佛门中，也喜欢在坐禅或法会使用焚烧沉香。这是因为沉香具有很好的宁心安神作用。据说好的沉香，在坐禅时嗅之，会感觉有一股清凉之气从喉咙贯注而下，十分舒服。而室中一经香薰，霉气立即消失，形成一个良好的修行环境。

诗人一开头，先把焚香坐禅的环境总括一笔。

"博山"即李白诗中的"博山炉"，诗人是否真在使用这样的香炉？不得而知。但照一般而言，明代的香炉已经不是这种型制，所以，诗人大约只是顺手借用典故罢了。"博山爇沉水"，也就是"博山炉中沉香火"的意思。

第一句的描写，可说是采取了摄影的特写镜头。紧接着的第二句，却陡然一变，成了一个广角的大场景：

诗人坐禅的是一间矮小的茅屋，它是那么小，连沉香的烟气都容纳不下，结果是——它被高耸的烟气所笼罩！

三、四句,诗又回到特写,而且比第一句更加具体而微:

沉香,这些枯木的碎屑,被点燃了,发出奇怪的光芒;而它那烧过后变成的寒灰,又追逐着火焰,不断地延伸……

诗人描写沉香燃烧的景象如此细致,并不仅仅为了描写,他是有用意的。你看,他感兴趣的不是火的热烈,而是"枯木",是"寒灰"。这是因为,后者与坐禅修行人的心境相通:修行者如同"枯木",他的心如同"寒灰"。而"火"不过是媒介而已,它使人偶尔"发光怪"——心生邪念,不久也就熄灭,终于成为"寒灰"的延续。

诗的前半部分专门描写焚香,后半部分才转到诗人自己。

"众芳"二句,意思是说,一年四季,春夏秋冬,花开花落,在焚香坐禅中,不知不觉地流逝而去。

"空印"二句,意思是说,沉香烧成寒灰,与空印相似,都传达出"四大皆空"的真理。而我在四无人声的深夜里,独自默默打坐,对之陷入无边的冥想之中。

空印,是佛家语。佛教有"地、水、火、风、空五大印相"之说,空即其一。佛教中又以拇指作形,象征虚空,称为"空印"。唐朝梁肃作《金刚般若波罗密经石幢赞》序,说道:"倾沙界以施,而施有穷;等山王之大,而大有终。唯金刚空印,永不坏灭。"诗人所说的"空印真消息",也是类似的意思。

作者简介

成鹫(1637—1722),又名光鹫,字迹删,号东樵山人。俗姓方,广东番禺人。出身书香仕宦世家。年四十一,从本师西来离幻即石洞和尚披剃。继法于硕堂禅师,系憨山大师徒孙。与陶环、何绛等南明抗清志士为生死之交。与屈大均、梁佩兰唱酬,粤中士人多从教游。先后住持澳门普济寺、肇庆庆云寺、广州大通寺,终于大通。

成鹫:闲居十咏(之二)

多谢雪中炭,言烹雨后泉。茶经无定法,老衲有真传。破

壁孤烟直，虚堂细响圆。何人携茗碗，来问赵州禅。（《试茗》）

有人给诗人送来两筐炭，正好作为烹茶小火炉的燃料。雪中炭，并非真是雪中送炭，也未必是诗人柴火用尽，正在发愁。诗人只不过借那成语，来表示他的感谢之情罢了。何况"雪中炭"拿来对"雨后泉"，恰到好处。雨后的泉水，不仅丰足，尤其清新活泼，用于煮茶，自然是好东西。

于是，诗人支起炭火，烹泉泡茶。他想起陆羽的《茶经》，手边却没有，转念一想，"法无定法"，拘泥成法的，算不得高明。我老衲自有真传——就是土办法。

以上我们可见，诗的前半，概括起来其实只是两个字："烹茶"。诗的后半，才是"试茗"。

"破壁"二句，写他把茶煮好。

这里又借用了古人的现成句法。唐朝著名诗人王维，有两句描写边塞的名句：

大漠孤烟直，长河落日圆。

诗人顺手拿过来套用，便成为这么两句：

破壁孤烟直，虚堂细响圆。

上句写煮茶的烟火气，从墙壁的裂缝中奔窜而出；下句写从壶中倒茶落碗，细细的响声在佛堂清静中，显得悦耳极了。

独自一人自斟自饮，诗人继续沉浸在先前的思绪之中。从《茶经》到佛经，从本无定法，到《金刚经》里的"无有定法如来可说"，继而又想到《坛经》中六祖所说的"但行直心，于一切法上无有执著"。他一边品着茶，想到微妙之处，却无人可以分享，不觉若有所失。于是发一感慨，说：

何人携茗碗，来问赵州禅？

赵州禅师，法号众谂，唐代高僧，自幼出家，得法于南泉普愿禅师，成为六祖慧能之后第四代传人。他刻苦修行，用大半生时间遍访南北禅门，在80岁之年，才入住赵州观音院，弘法40年，120岁圆寂，人称"赵州古佛"。他因为生平说法、开悟别出蹊径，获得"赵州禅"的美誉。

赵州禅师有一个著名的"吃茶去"的禅门公案：

有两个僧人慕名而来，向禅师请教什么是禅。赵州问其中一个："你来过这里吗？"和尚答："来过的。"赵州说："吃茶去！"于是又问另一个，回答："没有来过。"赵州说："吃茶去！"负责引见的监院听了，上前叩问："这来过的您叫他'吃茶去'，未曾来过的您也叫他'吃茶去'，究竟是什么道理呢？"赵州叫："监院！"监院应诺。"吃茶去！"

吃茶，原是待客常礼。赵州禅师的开示，意思是说：来过的和尚、未来过的和尚、常住的和尚（监院）都一样，没有区别。如同人人心中有佛，自性是佛，表面上看，人的智慧有的迟钝些，有的敏锐些，但只要开悟了，就都没有区别。一例是"吃

茶去"的客，就是喻示"佛性本无差别"。

据说，正是从赵州禅师"吃茶去"这一公案，开启了禅门"茶禅一味"的茶道先河。由此看来，诗人的感慨，与这个禅门茶道不无关系。

成鹫：借园杂咏（选一）

清泉供濯足，休笑道人顽。等觉原平等，闲身岂有闲。鹤归云外步，僧踏水中山。两脚俱无着，相随且闭关。（《濯足》）

濯足，即俗称之洗脚。不过，诗人在此又不仅取其字面之雅，而是暗用了一个典故。

《楚辞·渔父》中有这样一支歌："沧浪之水清兮，可以濯吾缨。沧浪之水浊兮，可以濯吾足。"（参见今无《舟至胥口有鲇鱼一尾重十四斤复买放生》诗解）在歌中，清的水用来洗濯缨（即帽带），浊的水用来洗濯足。而诗人则是用清的泉水来洗脚，故说"休笑道人顽"——可别讪笑我和尚（即"道人"）调皮捣蛋啊。

诗人以清泉洗脚入题，固然是眼前事实，然而，却有更深一层用意。且看：

等觉原平等，闲身岂有闲？

等觉，即佛的异称。等者平等，觉者觉悟，诸佛觉悟，平等一如，所以名为等觉。这也就是《坛经》中六祖所说：

迷人问于智者，智人与愚人说法，令愚者悟解心开。迷人若悟解心开，与大智人无别。故知不悟，即佛是众生。一念若悟，即众生是佛。

诗人意思是说，人们一旦觉悟了，就都是平等的。既然如此，对于一个觉悟了的心灵，外界清也好、浊也好，都不能影响他。那么，用来洗脚的是浊水（比喻尘世的污浊）还是清水（比喻隐居的清高）又有什么分别呢？

诗人更转向自身，说：我现在的处境，和隐士相仿佛，但这悠闲之身，又何尝能够做到不言不动啊？

诗人这里是话中有话。他出身仕宦之家,父祖两代与明王朝有着君臣之义,他本人四十以后才出家,又一直保持着与抗清志士的密切交往。表面上是个出家人(即所谓"闲身"),暗地里却与世事有千丝万缕的关系,故"岂有闲"三字,其实寄寓着许多不为人知的活动。

诗的前半,是诗人就洗脚生发出来的感想。诗的后半,则回到眼前来:

他养的鹤从天外飞回(诗人比喻说它是踏着云头归来的),而诗人自己正低头洗脚,泉水中,他的双脚正放步在水中的山影。

他想,鹤和自己一样,双脚都踩踏着虚空,没有着落。他现在这种借着僧人的身份,来从事抗清的事业,前景如何,能否最后落到实处,也正不可预料啊。

于是,在诗的最后写到——

诗人跋了木屐,招呼着鹤儿,返回园中,把园门关了起来……

成鹫:留别诸子还山

七斤破衲五条衣,结束闲身上翠微。满地风尘成老丑,一天雨雪独来归。江山未辨谁宾主,今昨何曾有是非。从此孤僧似孤鹤,出门长与白云飞。

诗人虽然是僧人之身,但与一班抗清志士关系深切,诗题所谓"诸子",就是指这些朋友。诗人在41岁时决心披剃出家,遁入空门,但他的家国之思,始终未曾断绝。从这首诗中即可见一斑。

诗开头叙述出家的事。

"五条衣"指僧袍,冬天要御寒,所以是件棉袍,有七斤重。"闲身",赋闲之身,是说自己自明朝覆亡后,就断了仕进之途,一直赋闲在家(其实是参与抗清活动)。"结束闲身"亦即指出家当和尚了。"翠微"指代山,这里特指肇庆鼎湖山,诗人就在山上的庆云寺出家。

诗中间四句,回顾了这次与朋友们的聚会。

"满地风尘",比喻清兵大举南下。"老丑",有两层意思,一层是说岁月不饶人,彼此都已是"人到中年,伤于哀乐"的年纪了;另一层是说,自己和朋友们内心长期承受着国破家亡的痛苦折磨。

"一天"句,说这次自己是冒着严寒归来的。其中以"一天雨雪"和"满地风尘"相呼应,又隐指抗清斗争处境的严酷。

"江山未辨谁宾主",是诗人用以安慰朋友们,鼓励士气的。他说:

这大好河山,终究谁是主人,谁是客人,还未见分晓。我们的斗争还有希望呢!

"今昨何曾有是非",则是诗人的自我剖白:

今天的我,还是昨天的我。虽然当了和尚,我并没有否定我抗清的立场。(这里借用了"五十而知四十九年非"的典故,参见释函昰《刻诃林语录谢诸檀越》诗解)

最后,诗人表达了惜别之情:

从今以后,我就像一只孤独的鹤,只有和白云一起在天上独自飞翔。

值得注意的是,诗人在诗中强调了他的独来独往。这是出家之后,他内心的独白,也是他不可摆脱的痛苦之源。

成鹫:谒憨祖肉身

借路还家识故乡,重来顶相露堂堂。天花散满楞伽室,祖席平分曲录床。白氎不留身后线,黄冠休问旧时装。门前溪水西来意,流入空庭味更长。

自明神宗万历时期,佛教中名僧辈出,形成了佛教在中国重新复兴的繁荣景象,憨山、云栖、紫柏、蕅益四高僧便是其中的佼佼者。

憨山大师法名德清,字澄印,安徽全椒人,19岁出家,在栖霞山学习禅法。其后云游各地,声望日隆。明朝廷在牢山(即青岛崂山)修建海印寺,邀请他主持,太

后将《大藏经》一部送寺供养。万历二十三年（1595），憨山因私修庙宇获罪，被充军到广东雷州。他在粤十余年，继续弘法。于天启三年（1623）在南华寺圆寂，享年78岁。憨山肉身先运回他晚年居停的庐山五乳峰法云寺供奉，后又运回曹溪，供奉至今。

憨山大师精通释、道、儒三家学说，并且倡导三家思想的调和，他说：为学有三要，"不知《春秋》，不能涉世；不精老庄，不能忘世；不参禅，不能出世。"又说："今所念之佛，即自性弥陀，所求净土，即唯心极乐。诸人苟能念念不忘，心心弥陀出现，步步极乐家乡，又何必远企十万亿国之外，别有净土可归耶？"这一思想见解即来自六祖《坛经》。

憨山肉身归粤时，成鹫仅8岁。而这首诗，则是他悟道以后的作品。诗人来到南华寺，参谒了六祖、憨祖两位先贤的肉身，并分别作诗题咏，表达自己敬仰之情。

诗开头追述憨山肉身被送回南华寺的往事。

"故乡"，这里不是说憨山俗家的籍贯，本来一旦出家作僧人，就无所谓故乡。这里的"故乡"乃是指南华寺，因为六祖是南禅开宗之人，他圆寂后，肉身供奉在曹溪，这里也就成了憨山的故乡。憨山肉身归曹溪南华寺，与六祖肉身一起，接受信众的礼拜，所以诗人说他"顶相露堂堂"。

三、四句，是作具体描写，当然，这同时便也是诗人拜谒憨祖的观感：

"天花"句，出自《维摩诘经·观众生品》：

时维摩诘室有一天女，见诸大人闻所说说法，便现其身，即以天花散诸菩萨、大弟子上，花至诸菩萨即皆堕落，至大弟子便著不堕。一切弟子神力去花，不能令去。

诗人在这里只取"天女散花"，用来比喻憨祖与六祖所传佛法之高妙。

"祖席"句，是特意称赞憨山的贡献，他身后所获得的尊崇，竟至可以与六祖大师平分祖席！曲录床，僧人坐禅用的一种床。

五、六句，写得比较隐晦，其实是记述憨山生平的两大劫难。

"白氎"句，表面上似是说大师来去干净，一无挂碍。实际上是说大师当年为修复南华寺大殿，亲自到端州采运大木，不料却被僧众怀疑他私用净财，告到官府，大师唯有住在江船上等待审讯，并生了一场大病，几乎丧命。后来真相大白。憨山经此一劫，坚决辞去住持之位，专门讲经弘法。

"黄冠"句，则是说大师被充军岭南的一劫。当时，明神宗反对太后为佛耗费，恰遇太后派遣的使者与当朝权贵有嫌隙，官员利用东厂官役假扮黄冠道士，飞章诬奏憨山由建寺而侵占道院。卒之以私造寺院的罪名把他充军广东雷州。"休问旧时装"，意思说当日的"黄冠道士"是假扮的。

诗人专门回首憨祖生平这两大劫难，并以今天盖棺论定来评说，既深致感慨，又重加称扬。

最后，诗人把笔锋转向南华寺祖庭。借寺门前的曹溪，赞颂由六祖开创、憨祖继承的禅宗顿教一脉，把西来的大乘佛法，在中国土地上发扬光大。

成鹫：信衣

楚人拾得楚人弓，北秀何如塞上翁。解道本来无一物，金襕还与刹竿同。

这是诗人题咏禅宗法物——金襕袈裟的一首作品。信衣，即是作为凭信的法衣，由达摩至慧能、六代祖师都是以一领金襕袈裟相传，得传此衣，即为新一代祖。但是，传衣这一仪式，到六祖慧能便中止了。慧能当时专门为这一举措解释，说这是初祖达摩的本意。由此，法衣就一直保存在寺中，直到明代，还有人记载曾经亲眼观赏法衣。成鹫和尚应该也是亲见法衣，而写下这首诗的。

诗一开头，用了"楚弓楚得"的典故。传说楚王有一把名叫繁弱的好弓，他到云梦大泽去打猎时，不小心把弓丢失了，随从的人慌忙分散寻找，不料楚王却说："用不着找。这弓本来是我们楚国的，现在丢失在楚地，让我们楚国的人拾去，还是楚国的宝物呀。"诗人采用这个故事，意思是说：法衣虽是禅宗的宝物，让神秀得到也好，慧能得到也罢，也就像"楚弓楚得"一样，其实没有什么分别。"塞上翁"，生活在边鄙的老头儿，此指六祖。

看到这里，读者大抵要感到迷惑："北秀南能"争夺衣法，是禅宗史上的一件著名公案，慧能成为禅宗六祖，靠的就是得到五祖传授法衣，兹事体大，怎么说没有分别呢？别忙，且看成鹫这诗的下文——

解道本来无一物，金襕还与刹竿同。

诗人说，六祖讲过"本来无一物"。这是当五祖要传衣之时，要求各人作偈，表达对悟道的认识。神秀上座先写了一偈，曰："身是菩提树，心如明镜台。时时勤拂拭，莫使惹尘埃。"慧能看了，觉得还未到家，于是自作一偈，曰："菩提本无树，明镜亦非台。本来无一物，何处惹尘埃？"神秀主张渐修，说人心经常会受六尘污染，要时时勤修,拂拭六尘,保持心灵清静。慧能参透禅宗顿悟法意,认识人心本来清静,不受六尘污染。修行人只要领略到这一点,了悟五蕴皆空,便可直指本心,顿悟成佛。成鹫和尚引用六祖的话说,只要明白"本来无一物"的真义,什么金襕袈裟,什么法衣,它的神圣光环也就自然消失了。它其实和寺庙门前都有的旗杆一样,不过是极普通的东西。在悟道的大觉者看来,它们都是"本来无一物"而已。

应该说,成鹫和尚是真正得到了六祖的佛法。六祖之所以不继续传衣,除了有达摩初祖的遗言,同时也表达了六祖自己的理念。这就是,在六祖看来,法不是在某一个得到衣钵的人那里,任何人只要能够明心见性,他就已经得到传法,法就在他那里。换句话说,六祖不再传衣,一举打破对衣法的迷信,就是为了向广大修行人敞开得法、传法的通途。这也是诗人通过本诗向读者传递的信息。

成鹫:响鞋

踏着虚空却有声,出门寸地未曾平。而今始识曹溪路,只屐全抛自在行。

响鞋,踏地会发出响声的木屐。这个名称,大约起源于吴王夫差为西施修建"响屧廊",于是苏州人把木屐叫"响鞋"。岭南人过去喜欢着木屐,也许是沿袭吴俗而来。南华寺保存有据说是六祖用过的"响鞋",就是两片木拖板。诗人这诗,即由六祖响鞋而发生感想,于是写下了这诗。

首句说"虚空有声",源自佛教对于响声的解释。佛经说修行者所受幻觉影响中,有十缘生句,其中第六名为响,乃"深谷等中依声而生之声"。诗人说响鞋是"踏着虚空却有声",响声缘自虚空而生,亦犹如深谷(虚空)之生响声,本属人自己产生的幻觉而已。

次句说着鞋出门,一步高一步低,总是感觉地面寸寸不平,这也无非是由于着鞋走路,因缘而生的一种幻觉。正如六祖论风幡之义所说:"不是风动,不是幡动,仁

者心动。"不是虚空作响，也不是路不平坦，而只是修行者自己的幻觉作怪。归根到底是自己的心不清静，故受六尘习染，而生出种种幻想。

诗人由此觉悟，于是发出如下感慨——

而今始识曹溪路，只履全抛自在行。

我从今以后开始认识到了六祖指示的大道，不要着什么响鞋，光着脚板走路，赤条条来去无牵挂，多么自由自在啊！

这里，成鹫又顺手引用了达摩祖师的一个故事：

传说达摩将衣钵法器传给慧可以后，便离开少林去禹门（今洛阳龙门），禅栖在干圣寺，于东魏孝静帝天平三年（536）端坐而逝。达摩圆寂后两年，东魏使臣宋云从西域返回洛京。在途经葱岭的时候，看见达摩一手拄着锡杖，一手掂着一只鞋子，身穿僧衣，赤着双脚。宋云停步问道："大师，你往哪里去？"达摩回答说："我往西天去。"

宋云回京复命，顺便提到遇见达摩的事情。孝静帝听了以后，半信半疑。群臣议论纷纷，有人说："达摩辞世，人所共知，哪有死人还阳的事？宋云这是欺君之罪。"也有人说："既然事关重大，不如开棺验证。"于是孝静帝命人开棺检视，但见棺中空空，只剩下一只鞋子。现在少林寺碑廊内，还有一块《达摩只履西归圆碑》，上刻："达摩入灭太和年，熊耳山中塔庙全。不是宋云葱岭见，谁知只履去西天。"

这就是著名的达摩祖师"只履西归"的佛典。诗人引用这个典故，很巧妙，既切合响鞋的题咏，又借题发挥，表达了修行者应该无所依附、无所执著，也就是佛法所谓"舍筏登岸"之意。

下篇

张九龄：祠紫盖山经玉泉山寺

指涂跻楚望，策马傍荆岑。稍稍松篁入，泠泠涧谷深。观奇逐幽映，历险忘岖嵚。上界投佛影，中天扬梵音。焚香忏在昔，礼足誓来今。灵异若有对，圣先其可寻。高僧闻逝者，远俗是初心。藓剥经行处，猿啼燕坐林。归真已寂灭，留迹岂堙沉。法地自兹广，何云千万金。

张九龄是历史上通过科举考试进入仕途，而最终登上宰相高位的第一位岭南人。他以儒术居官，直言敢谏，被后人称为"开元名相"。由于权臣李林甫的排挤，张九龄被调离朝廷，贬往荆州，这首诗即在荆州任上所作。

诗人受命祭祀紫盖山，任务完成之后，顺道到玉泉山寺游览。寺为佛教天台宗三祖、隋高僧智顗所创建。智顗原是荆州人，建寺是为了报答生地之恩。据说玉泉山本来十分荒险，"神兽蛇暴，践者寒心"。智顗在此修行弘法三年，留下了不少传说。游寺触动了张九龄的心事，于是写下这诗。

这首诗可大致平分为前后两部分。

前一部分共十句。

起二句交代祭祀紫盖山后，转游玉泉山寺的行程。楚望，楚地的名山，这里指紫盖山。荆岑，指玉泉山。

中四句即就玉泉山的风景进行描写——静静的松林、竹丛，深邃的山谷，泠泠的流水，令人流连忘返，忘掉路途崎岖。

后四句写抵达佛寺并焚香顶礼、虔诚参拜。礼足，亲吻佛足表示对佛的尊敬，是一种佛教礼仪。

这一部分叙述了游览寺院的经过。

后一部分也是十句,写诗人游寺的感想。

首二句承上而来,在诗人忏悔既往,誓念将来之后,仿佛佛祖给予自己启示。而这启示,来自智𫖮的生平事业。

次四句追忆智𫖮远离世俗,来到这僻远的深山建寺修行,与之日夕相处的只有泉石上的苔藓,和山林间的啼猿……

末四句赞叹智𫖮经过苦修,虽已归真寂灭,但玉泉寺的声誉日隆,影响日广,成为一处名刹!

这里诗人引用了一个佛教典故:

舍卫国有一个富翁名叫须达拿,由于平日热心周济无家可归的穷苦人,人们又称他为给孤独长者。有一天,他来请佛说法,佛说可以,你先去拣一个说法场所吧。于是长者找到太子祇陀,对他说:我请佛陀说法,想要借用您的园子。太子心里不愿意,但又不好拒绝,便说:你能用金币铺满我的园子,我就借给你。须达拿听了,二话不说,就命仆人从家里搬来金币,把园子八十顷地面都铺满了。太子十分感动,对长者说:我是跟你开玩笑啊。太子把金币退还长者,并与他一同恭请佛到园子说法。

诗人称赞智𫖮的生平事业,可与须达拿相比,并且胜过了须达拿。因为他是靠自己的艰苦努力,而不是依靠现成的财富。

在出任大唐宰相之际,张九龄曾经满怀经邦济世的雄心壮志,却因为小人排挤,在垂老之时,被逐出朝廷,贬为荆州长史。比较智𫖮,他觉得十分惭愧:几十年官场生活,闹闹腾腾,风风光光,可是到头来得到什么呢?对国家、对老百姓有什么贡献呢?这些话,尽管诗人并没有直说出来,却正是他游玉泉寺,参拜智𫖮法师遗迹的过程中,萦绕心头,挥之不去的满怀愁绪。

作为一首游寺诗,类似题目在唐代真如汗牛充栋,不知凡几!但岭南人所作,遗留至今的佛寺题咏,则以张九龄这首诗为最早。而且,唐人的游寺诗,大多是旅行即兴,或交游唱和;像这诗之寄兴深沉,感慨由衷者,并不多见。

作者简介

张九龄(678—740),字子寿,一名博物。韶州曲江(今韶关曲江区)人。唐中宗景龙元年(707)进士,授校书郎,迁左拾遗。为宰相张说所器重,唐玄宗亲自简拔,官至中书令。在官直言敢谏,为李林甫所忌,贬荆州长史,病卒。诗、文俱见称于时,有《曲江集》传世。

余靖：送海琳游南海

触目尽尘累，如师真不群。圆明水中月，去住岭头云。意为乘风快，名应过海闻。翛然此高迹，世网慢纷纷。

自唐武宗灭佛，加上五代战乱，佛教遭受沉重打击，许多教派因无法生存而湮灭，直到宋朝建立，佛教仍然衰微不振。

宋太宗采取扶持佛教的政策，到仁宗年间，全国僧尼人数大大增加，寺院多至近四万所。又出现很多贵族私建或侵占的功德坟寺。寺院拥有相当数量的田园、山林，得到豁免赋税和徭役的权利。于是寺院经济富裕，举办起长生库和碾硙、商店等牟利事业。

对于这种情况，诗人作为一个国家官员，从国家人民的利益出发，是很不满意的。当他送别海琳法师的时候，这种不满就一下迸发出来：

触目尽尘累，如师真不群。

"尘累"，原是佛教用来指世人的贪恋功名利禄。但诗人在这里，却用来指斥当时佛教界大办寺院经济、牟取利益的行为。这与佛教自己宣扬的"四大皆空"、"苦海无边，回头是岸"的宗旨，显然是背道而驰的。

而海琳法师，立志苦行求法弘法，决定离开生活安逸的京都，前往蛮荒之地的南海。诗人十分赞赏，以"不群"许之！一斥一赞，两相对比，海琳法师的高尚品格，在读者眼中一下就树立起来了。

以下两句，诗人以写景作喻，展示海琳的"不群"——

你像是那倒映水中、圆圆的、明亮的月光，又像是五岭之上，逍遥来去的一片云彩。

水中月，运用佛家"镜花水月，万有皆空"的比喻，称美海琳法师修持所达到的空明境界。岭头云，岭指五岭，海琳法师往南海的必经之地，诗人以"岭头云"比喻

海琳法师过岭时的绝伦风采。

五、六两句,笔锋一转,想象海琳法师抵达岭南,乘舟出海:

你扬帆而去,感受着风行海上的快意;而你的名声也将播扬海外。

海琳此行,在当时可属惊人之举,也必然引起议论纷纷,有称赞的,也有讥评的。尤其是那些沉迷贪念的僧人,恐怕更多是以小人之心度君子之腹吧?所以,诗人在诗的结尾,大笔挥洒:

坚持你这高尚的行为吧,不要理睬那些凡夫俗子们的纷纷扰扰!

这是给朋友的一首壮行之诗,同时也是诗人对佛教界污浊时流的鄙视和鞭挞。

作者简介

余靖(1000—1064),原名希古,字安道,韶州曲江(今韶关曲江区)人。宋仁宗天圣二年(1024)进士。初为赣县尉,累迁秘书丞,以上疏论范仲淹谪官事,贬监筠州酒税。后迁知英州。庆历间为右正言,屡奏安边之策,尝三使契丹,皆不辱使命。官至工部尚书。英宗治平元年(1064)卒,年六十五。谥襄,世称余襄公。

苏轼:南华寺

云何见祖师,要识本来面。亭亭塔中人,问我何所见。可怜明上座,万法了一电。饮水既自知,指月无复眩。我本修行人,三世积精炼。中间一念失,受此百年谴。抠衣礼真相,感动泪雨霰。借师锡端泉,洗我绮语砚。

苏轼晚年被贬谪岭南,沿途写下数量颇丰的诗文。他曾在诗中表示:

日啖荔枝三百颗,不辞长作岭南人。

和韩愈一样,苏轼为开发岭南文化事业作出了不可磨灭的贡献,因此受到岭南人的衷心拥戴。直到晚清民国年间,每逢他的生辰,岭南的读书人都要举行雅集,称为"寿苏会",来纪念他,足见其影响之深。

这首诗,是苏轼途经韶关南华寺所作。

苏轼虽然出身儒门,是宋代儒学中"蜀学"一派的代表人物,但他一生喜欢与僧人交往,与佛门结下不解之缘。

在这首诗中,诗人并未描写南华寺的景致,而是写下在南华寺礼拜六祖真身,对之倾诉自己贬谪中的情怀。

开头四句,写诗人在心中默默地与六祖对话——

诗人代六祖("亭亭塔中人")发问:你为什么要来拜见我?

诗人回答:我想要知道自己的本来面目。

诗人又代六祖问:你现在知道了吗?

接下来四句,是诗人的回答。他首先称颂六祖("明上座")从《金刚经》顿悟成佛,明心见性。

"万法了一电",即指《金刚经》结尾的偈语:

一世有为法,如梦幻泡影,如露亦如电,应作如是观。

然后,诗人表示自己由六祖得到了启发。

"饮水既自知",借用了《景德传灯录》里记载道原和尚的话:

某甲虽在黄梅随众,实未省自己面目。今蒙指受入处,如人饮水,冷暖自知,行者即是某甲师也。

"指月无复眩",则是取自《楞严经》所说:

如人以手指月示人,彼人因指当应看月,若复观指以月为体,此人岂惟亡失月轮,亦亡其指。

这段经文大意是说,如果把引导你看月亮的指头,作为就是月亮本身,那就不但不知月亮为何物,并且不知指头为何物了。诗人说"无复眩",就是说对自己的本来面目不再迷惑了。

再下来四句,写诗人对自己的本来面目的认识——

自己本来是一个修行人,在"三世"(即现在、过去、未来)中刻苦修行。由于在其间一念不善,以致堕落尘世,受这百年的磨难。

最后四句,写认识自己本来面目之后,不禁泪流满面,并且忏悔:将归依事佛,与以往的舞文弄墨生涯决绝。抠衣,当下跪行礼之时将衣服的下摆提起。真相,指六祖真身。锡端泉,南华寺里有卓锡泉,传说是六祖以锡杖凿地,地喷甘泉,诗人借以比喻六祖的智慧。绮语砚,佛门以"不绮语"为一戒,绮语指虚浮不实的说话,类似世俗所谓"花言巧语"。

苏轼才华早发,年轻时即受到当朝重臣、大文豪欧阳修推许,名满天下,本人亦雄心万丈。但是,后来受党争牵累,一而再再而三横遭打击,如今,垂暮之年更被贬来岭南蛮荒之地,实在已经心灰意冷。他在六祖真身之前一时感触,写下此诗。这也许便是《坛经》所说的"一念即至佛地"吧?

作者简介

苏轼（1037—1101），字子瞻，又字和仲，号东坡居士。眉州眉山（今四川眉山市）人。北宋嘉祐进士，神宗时任工部员外郎，又任杭州通判，知密州、徐州、湖州。哲宗时任翰林学士，知杭州、颍州等，官至礼部尚书，晚年被贬惠州、儋州，遇赦北归途中病卒，南宋追谥文忠。与父苏洵、弟苏辙合称"三苏"，为唐宋八大家之一。古文辞赋、诗词、书画皆有所创，影响后世甚巨。

白玉蟾：护国寺秋吟

香篆孤烟袅，灯龛寸火微。梦和明月冷，心与白云飞。

宋代由于皇帝扶助，佛寺复兴，赐名护国寺者，不止一处。当时京城汴梁（今河南开封）就有护国寺。

白玉蟾信奉道教，本与佛门不相干，但从这首诗看，在他云游各地的旅途中，也有入住佛寺的时候。

《护国寺秋吟》本有八首，内容抒写诗人居住寺中的随感，并无主题，故题为"秋吟"，即秋天的歌。

这里选的一首，其中颇能体现道与禅共通的理趣。

自佛教传入中国，经历上千年的融合，到宋代时，儒（理学）、释（禅学）、道三教并宗，三教已经是你中有我，我中有你。所以，白玉蟾虽是道士，其实对于儒、佛两家也并不陌生。在他的思想意识趣味中含有儒、佛的成分，也就是顺理成章的事了。

这首诗抒写诗人在护国寺半夜睡醒时的感想：

香炉里的篆香静静地燃着，生出一缕袅袅香烟；

壁龛里的油灯，光影昏暗，一点火焰似灭未灭。

冷冷的月光落在枕边，如梦如幻；

而我的心却陡然腾起,飞出窗外,飞上天空,与天上的白云一同飘举!

值得注意的是最后的一句。它表达了心灵的解脱,心灵的自由。这是道家的?是佛家的?都可以说是,但这并不重要。感动我们的,是白玉蟾,这位独具个性的艺术大师、道教祖师,对于自由自在、无所拘碍的人生境界,那种热烈的向往之情。

作者简介

白玉蟾(1194—1229),本名葛长庚。字如晦、白叟,号海琼子、海南翁、琼山道人、紫清真人。本闽人,生于琼山。擅诗文书画。师事陈楠学道,遍历名山。宋宁宗嘉定中诏赴阙,命馆太乙宫,赐号紫清明道真人。全真教尊为南五祖之一。相传理宗绍定二年(1229)解化于盱江。

李昴英：南华寺

从前梵说堕虚空,独有坛经说不同。体用圆明皆宝相,一丁不识却心通。

这是诗人所作《南华寺》组诗中的一首,题咏六祖慧能。诗的大意,是称赞六祖虽然生平不识文字,却能通达佛理,创立新说。

需要解释的,是"体用圆明皆宝相"这一句。

《坛经》中说:

我此法门,以定慧为本。第一勿言定慧别,定慧体一不二,即定是慧体,即慧是定用。即慧之时定在慧,即定之时慧在定。

又说:

定慧犹如何等?如灯光,有灯即有光,无灯即无光。灯是光之体,光是灯之用。名即有二,体无两般。此定慧法亦复如是。

意思是说,在修行时,心念的不动(定)和动(慧),不要把它看做是两个东西。不动,是心念的本原,也是修行所要达到的状态——不受外界种种的扰乱,亦即所谓

"入定"。而动,是由心念不动生发出来,所谓静极生动,它是智慧的动,与盲目的心动不同。不动(定)和动(慧),就像灯放射出光芒那样,因为有灯才有光,也因为有光才有灯,它们是合在一起,不能分开的。

诗人激赏六祖的解说,认为既圆融又明白。宝相,原指寺庙里的佛像,这里借指修行人因觉悟而达致的佛境界。

诗人说六祖以前的佛教门派,把修行理解成使心念空虚,六祖自立新说,加以纠正。这是指《坛经》所说的:

迷人著法相,执一行三昧,直言坐不动,除妄不起心,即是一行三昧。若如此,此法同无情,却是障道因缘。道须通流,何以却滞?心不住,即通流;住,即被缚。

六祖针对当时拘执修行的坐禅形式,和以为修禅打坐,追求心念不动,就是成佛途径的错误引导,一方面对"定"和"慧"作出透彻解说,一方面提出了"于一切时中行住坐卧,常行直心"就是修禅,修行不在打坐,不在出家,不在拜佛,也不在读了多少经书。总而言之,六祖发挥《金刚经》"破执"的大智慧,打破一切拘束、误导人们修行的条条框框,指示了一条"见性成佛"的大道。

"独有坛经说不同"、"一丁不识却心通",此诗虽短,却能在二十八字中如此高度地概括了六祖思想及其贡献,实在并非易易。

作者简介

李昴英(1201—1257),字俊明,号文溪,番禺人。宋理宗宝庆二年(1226)进士,官至大宗正卿,兼翰林侍讲学士。因论救御史洪天锡斥宦官董宋臣等专权,与俱贬,遂归隐五羊文溪。宝祐五年(1257)卒,年五十七。谥忠简。

孙蕡:寄诃林长老明静照

庞眉老僧无住着,不问山林与城郭。谈禅到处即跏趺,白雪天花如雨落。心知一境万缘空,静与晴霄海月同。锡振春山常伏虎,钵含秋水自藏龙。问师今年僧腊几,手种苍松旧松子。

松身已作蛟龙鳞,定中一念犹未起。白石垂萝净窈冥,炉香一炷两函经。涧猿时擎野果供,山鬼或倚寒岩听。荷为袈裟荔为带,世人见者皆再拜。师言是悉有漏因,我今已入无色界。十年奔走乱如丝,对榻空论不遂期。每叹道缘于世浅,惟师与我最相知。

诃林,即今之广州光孝寺。据说前身是南越王之孙赵建德的邸宅。后来,吴国儒学家虞翻被贬广州,在此建宅讲学,并种了许多频婆树和苛子树,世称"苛林",后改称"诃林"。虞翻死后,家人把住宅捐为庙宇,名"制止寺"。东晋时期,西域名僧昙摩耶舍来广州弘法时,在此建造大雄宝殿。唐宋时期,更名为"报恩广教寺"。明成化间赐名"光孝禅寺"。住持明静照,是明初寺僧,诗人与之交情密迩,这首诗,是诗人在外地游历时,怀念并写寄给他的。

诗人与明静照相识时,长老年事已高,故称之为"庞眉老僧",又以种松之事,称说长老住持此寺庙已经许多年。诗中用大量的篇幅,描写了长老日常的生活,从中可以看到他年事虽高,为人却很好动:来往于山林(当时寺庙在广州城外西郊)与城中,随处一坐下来,或是讲经(天花如雨),或是诵诗(白雪)。而日常修禅,炉香一炷,佛经两函,则静如晴霄海月,万缘皆空。山中的虎豹、猿猴乃至蛟龙、山鬼都来驯伏恭听。长老穿戴简朴,一领僧袍虽破旧,却美如墙上的薜荔、风中的荷叶,行来风度翩翩,令人不自觉地拜服。

诗人在这里用了一系列典故,需要略加说明:

白雪,是"阳春白雪"的简称,本指歌词高雅,后来常借指好诗。

天花,是"天女散花"的省称,佛经说释迦牟尼说法之时,仙女们在天上播散香花,这里借指长老讲经。

伏虎,佛座前第十八位罗汉名"伏虎罗汉",是"四大声闻"中的"君屠钵叹"。传说伏虎尊者所住的寺庙外,尝有饿虎咆哮,尊者分食饲之,虎遂降服。

藏龙,《晋书》记载:十六国前秦时,长安有僧涉,能以秘祝召唤神龙,每逢天旱,皇帝苻坚常命他咒龙请雨。僧涉召龙下到其钵里面,随即天降大雨。

有漏因,指招致三界果报的业因,即五逆十恶五戒十善等。

无色界,三界之一,此界无色、法等物,无肉身亦无庙宇,但存识心住居于深妙之禅定。

在一番称述之后,诗人又借明静照的话一声断喝:所有这些穿戴、讲经、诗文、禅定,统统都是"有漏因",也即尘世的幻相。"我今已入无色界",在老僧本人言之,已经达致"色即是空,空即是色"的禅悟之境界了。

最后,诗人向长老表达了忆念之情:十年来,我奔走四方,经历不少,却总也理不出个头绪。真想和长老好好谈一谈，清理一下，却一直未能如愿。并不是没有碰到过各地的僧人，但苦于缘分太浅，无法作深入讨论。这时，我就会想起你：只有老和尚你，才是我的知心朋友啊！

其实，诗人对明静照的依恋，又何尝不是他对故乡广州的怀念呢？何尝不是对广州的诗友，对广州的文酒高会的怀念呢？只是，一切都在不言中而已。

作者简介

孙蕡（1337—1393），字仲衍，号西庵。广东顺德人。元末避乱乡间。早年为广东行省右丞何真幕僚。明洪武初，廖永忠南征至广，代真作书归附，不戮一人，阖境帖然，蕡之力也。初授工部织染局使，寻出主虹县簿，入为翰林典籍。后以事被诬，谪戍辽东，继受蓝玉案株连，处死。尝与黄哲、王佐、李德、赵介结诗社于南园抗风轩，世称"南园五先生"。

陈献章：昼睡偶成寄玉台文定上人

老脚春还短，名山梦每登。玉台天上寺，文定意中僧。得法休藏钵，传心信有灯。道人北窗下，一枕一薝腾。

陈白沙，是岭南第一位理学大师。

理学，也称为"新儒学"。它是由宋代儒学家程颐、程颢、朱熹等人创立的，所以又称为"程朱理学"。理学既坚持了孔子的儒家立场，又吸取了道家和禅宗的部分思想，故被称作"新儒学"。理学与禅宗有着思想上的渊源，却又与佛教持势不两立的态度，因为它本来就是为了"尊儒辟佛"而创立的。

在明代的理学家中，陈白沙是较早突破程朱理学，提倡独立思考的人。由于他的"白沙学派"，岭南得以首次在国内学坛占有一席之地。

这是一首反映陈氏与佛门交往的诗。诗依题目可分成两部分看：前二句和后二句，咏昼睡；中间四句，咏文定上人。

写昼睡——

起句写时令，是春末时节。诗人采用了倒装句法，正常次序应是"春老脚还短"，意思是说春天快要结束了。

次句写睡醒，追述梦里游览名山。

末二句仍写睡醒，诗人一觉醒来，感受着隐居的悠然自得。这里暗用了陶渊明的故事，陶氏在《与子俨等疏》中描述其隐居生活，说道："常言五六月中，北窗下卧，遇凉风暂至，自谓是羲皇上人。"羲皇上人，指伏羲氏以前的人，即太古之民。比喻生活优游，无忧无虑。

写文定上人——

玉台寺，即圭峰山玉台寺（见前释元诗）。因为寺庙修建在山上，故说"天上寺"，亦含有赞誉之意。

文定上人是寺里的住持僧人，文定的法号中，即包含禅定之意，故说"意中僧"，也含蓄地予以称许。

"得法休藏钵"，禅宗有传衣钵以传法位的历史，自初祖达摩到六祖慧能都是如此。六祖终止了这一传统，他主张佛在自性，提倡自性自度，法不在衣钵，亦不在得衣钵者，而在各修行人自性中。故不传衣钵，正是破除"衣钵迷信"，解放修行人思想的惊世之举。诗人透彻地认识到六祖思想，故对文定和尚说：得法，就要弘扬之，启示受众，不要把它收藏起来、神秘化才好。

"传心信有灯"，佛门将法位相传比喻为传灯，《智度论百》说："所以嘱累者，为不令法灭故。汝当教化弟子，弟子复教余人，展转相教。譬如一灯复燃余灯，其明转多。"宋时有道原和尚著《景德传灯录》，记载释迦以来祖祖之法脉，成为后来记载佛教门派的《灯录》著作先导。诗人的意思是说，对文定传法抱有信心。诗人这么说，就把前句诗的教训气味缓和了。而末句说自己说的都是梦话，含有自贬自谦之意，也与此相承呼应。

从白沙思想的角度来看，这首诗最重要的，是"得法休藏钵"一句。这是诗人思考六祖学说之心得，也正是他写这首诗的原因。其他句子，都可视作敷衍成诗而已。学界认为，陈白沙的心学，与禅学有相通之处。由此也可窥见一斑。

作者简介

陈献章（1428—1500），字公甫，号石斋。广东新会白沙里人，世称白沙先生。受学于吴弼。明正统十二年举人。后绝意科举，以荐授翰林院检讨，乞终养归。自后屡荐不起。居乡讲学，创白沙学派。修养主静坐，以达静悟自得之境，开明代心学之先声。

湛若水：游胜泉寺

　　驱车暂出郭，已远朝市喧。更寻万泉源，洗我耳中尘。岂止耳中尘，因可清心神。安得挽天瓢，一洗世间氛。尘氛既已尽，天地皆回春。

　　胜泉寺，在北京西山，始建于金末。后几经破毁，明永乐年间重修。
　　嘉靖九年（1530）冬，诗人曾奉命同大司空章朴庵前往西山诸处查看风水，因得胜游。这首诗，应当就是这次公干的意外收获。
　　湛若水是著名的理学家，陈白沙的弟子。他追随乃师，也喜欢写诗，而且喜欢在诗中说理。这首诗也不例外，虽然题作游胜泉寺，诗里并没有对于寺院的描写，诗人只是由胜泉寺的寺名得到灵感，写成一篇发挥理学思想的诗篇。
　　诗的开头两句，叙述离开京城，来到西山中，诗人最强烈的感受是：远离了朝市的喧闹。
　　接下来的四句写胜泉寺，诗人称赞它是万泉之源，诗人到这里来寻找它，因为这源头活水，可以洗涤耳朵里沾染的尘埃。诗人更郑重其事地宣称：它不但可以洗涤耳中的尘埃，尤其是，它可以洗干净人的心灵和精神！
　　后面的四句，诗人顺势发挥，抒发他游胜泉寺的感想：
　　如果能够有像天穹一样的巨大的水瓢，那该多好！
　　泉水瓢泼而下，把这尘世间的污浊一举冲刷干净。
　　等到把污浊的尘氛彻底荡涤，
　　那时，这天地之间，万紫千红、繁花似锦的春天就要回来了。
　　诗人游胜泉寺，却完全回避了"寺"，单取"胜泉"予以发挥。这里，流露出儒、佛不两立的门派意识。但是，如果我们抛开儒、佛的拘执立场，平心静气来看这诗，就会发现，诗中所歌颂和向往的，和人们对求佛修禅的期望，并没有什么不同。

作者简介

湛若水（1466—1560），字符明，号甘泉。广东增城人。少从陈献章游，潜心理学。明孝宗弘治十八年（1505）进士，选庶吉士，授编修。历侍讲，迁南祭酒，进礼部侍郎。累迁南京吏、礼、兵三部尚书。致仕，居天关讲学，从游至三千余人。卒年九十五。赠太子少保，谥文简。

黄佐：飞来寺右林莽中寻达磨石小憩戏作一转语

凌空飞锡结嶙峋，薝卜香中草自春。鸟度云移今此世，鸿冥天阔我何人。羲娥断送千年梦，龙象终成一聚尘。便合拈花发微笑，沧波无语月华新。

飞来寺，在珠江一条重要的支流，北江边上。因为此间风景奇秀，又为古时北上中原的重要通道，行人过此，少不免要到寺院流连一番。

沿飞来寺右首石径，随指路标曲折而上，不远就可见到达摩石。

石不大，如蒲团，一面背山，一面临江，正可供一人静坐默想。飞来寺平日游人不太多，坐在石上，从树木间望见北江，丰沛的江水，从山峡间滔滔汩汩，一泻而下……那种清幽宁静的感觉，令人仿佛置身于千年之上，仿佛就依倚在达摩祖师身边。

五百年前，当黄佐游览飞来寺，他的见闻大概也就是如此。

这首诗，诗人戏称之为"一转语"，这是个佛家语，指一种机巧的应对。它可以是几个字、一句话，也可以是一首偈。诗人自承在诗中是含有禅机的，因此这样说。

我们来看看诗人的感悟：

这座佛寺，坐落在一片嶙峋的山峡间，不知道它从哪里飞来，也不知道它何时飞来？

它自由自在地，年复一年，散布着薝卜花的香气。

鸟过云移,鸿冥天阔,时空在这里似乎已经停止,现今是何世?我又是何人?

日落月升,日出月落,一千年过去了,就像是一场春梦。

佛祖称赞最大力的龙象,在这无限的时空里,终于也成为一撮尘土。

那么,现在坐在这达摩石上的我,与当年在此坐禅的达摩祖师,与拈花微笑的释迦牟尼佛,也许就是一身?

但浩浩茫茫的北江水却不回答。我抬起头来,啊,一弯新月正从山背后徐徐升起!

诗人寄托在诗中的禅机,无他,乃是受到古寺"劈空飞来"的启发,在对时空的无穷和人生的短暂,两者巨大差距的警示之下,激起了跳出三界外,超迈时空的刹那间觉悟。这其实便是六祖早已说过的境界:

我心即佛。

作者简介

黄佐(1490—1566),字才伯,号泰泉。香山(今广东中山市)人。明武宗正德间进士,授翰林院编修。后掌南京翰林院,任少詹事。因与首辅夏言不合,辞官归,改白云山景泰寺为泰泉书院,讲学其中,人称泰泉先生。年七十七卒。穆宗诏赠礼部右侍郎,谥文裕。

杨起元:晓入龙华访憨山上人不遇

闻说憨公到宝林,朝来乘兴一相寻。田间雪积平如掌,寺里钟稀寂似心。炉爇旃檀香细细,园开祇树宇沉沉。由来此法应无住,不见空归义更深。

东晋是一个儒释道交杂的时代,后来"三教并宗"的中华文化传统,就是从这时开始孕育成形的。东晋人思想活跃、个性独特、言行放达,在后世传为美谈。

南朝宋人刘义庆撰写的《世说新语》,收集了大量东晋人的风流雅事,其中有一

个"雪夜访戴"的故事：

王子猷住在山阴。一天夜里大雪纷飞，他忽然怀念起住在剡县的好朋友戴安道，也不管天黑雪大，吩咐立刻备船，动身前往。经过一个晚上，天亮时分才到达戴安道的门前。就在这时，发生了有趣的一幕，王子猷并没有上前敲门，惊动好友，却命令船夫掉头返回。事后，别人问他缘故，王子猷回答说："我本来乘兴而行，兴尽而返，何必一定要见到戴安道啊？"

诗人杨起元这首诗，也记载了雪天访友未能相见的事，其中用了"乘兴"一词，出处就是上面说的"雪夜访戴"。

诗是从记叙事情开头的：

诗人听说憨山和尚来了，住在龙华寺，于是一大早便兴冲冲地前往相访。

恰巧也是一个下雪天，天亮时分雪已经停止，只见满地一片白茫茫的。

他正走着，远远听见寺院传来稀疏的钟声，四下里静悄悄的，令人心境也特别宁帖。

诗中的叙述到此就打住了。

诗人并没有交代他是如何走到寺院，敲门，向开门的僧人问得憨山消息，等等情节。

而在诗的后半，忽然就进入了对寺院的描写：

香炉里燃点着檀香，幽幽的香气正散发开来，殿宇沉沉，看不到僧人活动的影子。

在这冷寂的氛围中，透露着诗人乘兴而来，却扑了个空的怅惘，不过诗人却没有直接写出。

正在读者也为之惋惜的时候，诗人笔锋一转，出人意料地写道：

由来此法应无住，不见空归义更深。

诗人转念一想，原来满以为这么冷的雪天，憨山和尚一定会待在寺院，不料他却出门了，正应着佛禅所说"无住为本"的话头！

回过来想，自己见不到朋友，大老远一早跑来，来了又走，不也应了"无住"的禅意？

"无住"二字，真是无处不在，无人不是，只在你是否体会得到而已。

六祖说，但行直心，行食坐卧皆可修行。佛在自性，就看你悟与不悟了。像诗人访友不遇，白跑一趟，不悟的人会为之沮丧、懊恼不已。而诗人由此联想到"不住"的禅理，得义转深，就真真没有空走了一遭呢。

作者简介

杨起元（1547—1599），字贞复，号复所。归善（今属广东惠州市）人。明万历五年（1577）进士，选翰林院庶吉士。寻授编修，晋修撰。历官至吏部右侍郎。性至孝，以母丧哀毁病卒，年五十三。天启初，赐谥文懿。

李孙宸：六如草堂

无复尘中想，真宜居士居。逃禅参上乘，说偈得真如。乐意满窗草，闲心一径蔬。我来忘去住，长日坐清虚。

"六如"之名，出自《金刚经》的偈语：

一切有为法，如梦幻泡影，如露亦如电，应作如是观。

即如梦、如幻、如泡、如影、如露、如电，合称"六如"。主人既名其堂曰"六如草堂"，其人奉佛可知。诗人来访友，休憩于这草堂，感到十分清静写意，便写下这首诗赠给主人。

诗起头便称赞说，一到这草堂，使人顿时忘却了尘世的种种烦扰。这真是居士的好住处啊！

居士，是对信奉佛教，但未剃度出家的人的称呼。也可说是最初阶的佛教徒。草堂主人大约就是这样的人。

第三句，是描述草堂主人的。

逃禅，是不遵佛法的意思，（参见冯昌历《秋光赠定光上人》诗解）这里指主人性格放达，不是那般谨守佛戒的人。

参上乘，指对于佛禅的解悟，常有高超之见。

佛教中有个维摩诘居士，便属于"逃禅参上乘"的典型，他以居士身份行世，也结婚，也喝酒吃荤，但智慧极高。传世有《维摩诘经》，记载他与佛陀使者文殊菩萨等人的谈话，是著名的大乘经典。（参见释函可《招山中诸老》诗解）

第四句，说主人深深服膺《金刚经》"六如"偈言。这同时也就将"六如草堂"和主人联系起来，而加以称赞。

第五、六句，写草堂的景致。

从窗子往外望，只见草色萋萋，春意盎然，让人看着满心欢喜。

一条小路通向园子,各种蔬菜,欣欣向荣,可以见知主人的日常劳作。

最后,诗人发表感叹。

在这草堂耽了一整天,感觉如此愉悦,竟忘记自己本是作客之身了。

清虚,一种坐禅入定的境界,诗人以此形容他在草堂中的精神享受。

值得一提的是,全诗从首至尾,主人都没有出现。之所以作这样的处理,是因为诗人觉得,与其浪费笔墨交代那些应酬,还不如通过描写草堂,令人想见主人的风神气度。这自然是更高明的做法。

作者简介

李孙宸(1576—1635),字伯襄。香山(今广东中山市)人。明神宗万历四十一年(1613)进士,授翰林院庶吉士。历仕至南礼部右侍郎,摄礼、户两尚书事。崇祯初,晋礼部左侍郎掌翰林院察典,晋经筵,充日讲。卒于官。赠太子太保,赐谥文介。

区大伦:梅庵

江声带兰若,静者自相寻。白日寒山道,清风祇树林。竹梅开径浅,钟磬落云深。何必随空去,方知尘外心。

梅庵是肇庆一处六祖胜迹。

传说当年六祖回家乡新兴,途经某地山岗歇息,并插梅一枝为记。宋朝时,有一位僧人,法名智远,来此建庵修禅,为了纪念六祖,取名梅庵。

诗人曾经在肇庆住过一段时间,写有《端溪诗稿》,这首咏梅庵的诗,便是那时的作品。诗题只说"梅庵",而并不像明人习惯的记录游踪,想来是因为他在居肇庆时常到此庵,并非偶然一游。所以这首诗,颇有依仿唐人诗风的意味,专写他对梅庵的感受。

首句"江声带兰若",意思是说梅庵近在西江旁边。兰若,佛寺的别称。诗人不直接写西江，而去写江声，一方面是形容梅庵被江所包围，一方面是想象人处在庵中听见江声的情景，轻轻一笔就把读者带进了梅庵之中。

次句"静者自相寻"，意思是说自己喜欢到庵里闲坐。静者，淡泊名利的人，这里既指诗人自己，也包含了有同样志趣的人们。而"相寻"二字，又含蓄地指出梅庵对人们的吸引。

这两句，交代了诗人沿着江岸向梅庵漫步而行。而接下来四句，借闲行顾盼，描写了梅庵周遭的风景：

天气晴朗，但山路上却冷清清的，不见人影。

只有阵阵清风，从佛寺两旁那一片树林子吹过，发出喧响，平添了几分幽趣。

被人走出来的小径，浅浅的，探入一片梅树和竹子丛中。

寺院的钟蓦地敲响，钟声在空中飘曳而去，落进白云深处……

这四句风景描写，有一个聚焦点，就是"静"。诗人一再暗示梅庵的冷清、宁静，与那般香火鼎盛的名刹大庙迥然不同。这既写出梅庵的特点，也正是诗人喜爱它的原因。

爱静的诗人置身于这样静谧幽雅的，与大自然仿佛已经融为一体的梅庵的天地里，他再也按捺不住内心的感动了：

何必随空去，方知尘外心？

诗人说，何必一定要做到四大皆空呢？就是这种托身于大自然里，悠然忘却有我的感觉，岂不就已经是超尘出世了吗？

诗人这个结语，也是对于梅庵的顶礼赞叹。

作者简介

区大伦，字孝先。广东高明人。明神宗万历十七年（1589）进士，后授东明令，寻擢御史。以谏不亲郊祀忤旨，夺职归。光宗即位，起光禄丞，历仕南京户部侍郎，终以夺职归。

冯昌历：秋光赠定光上人

与君秋夜坐，圆月在东林。不语清人骨，微言印我心。镜花开一色，莲漏滴知音。翻怪逃禅客，忘情兴转深。

这是诗人与定光和尚小聚之际，写以相赠的作品。记述了他们两人在秋夜对坐倾谈的情事，景致幽微，有若禅境。

诗开头两句，即叙述夜坐的环境。"秋夜"点出时令，"圆月"写出环境，又暗喻此会令诗人心中光明澄澈。

三、四句，就"圆月"生发。

这时彼此默对，没有说话，但定光和尚其人，和秋宵的明月，却让诗人感到了一团澄明之气，直透进自己的骨子里头！后来，他们开始交谈起来，上人说话不多，而禅理微妙，当诗人领悟时，心中的愉悦不能言表。

镜花开一色

在恍惚之中，诗人觉得，他与上人就好像一个是镜前的花，一个是镜中的花，两人的默契简直不分彼此，达到完全一致的地步。镜花，佛家语，常与"水月"同用，以比喻人生的虚幻。诗人此诗化用"镜花水月"，有同样的含意。

莲漏滴知音

时间在不知不觉地流逝，而他们久久地沉浸在"知音难得"的喜悦之中。莲漏，对寺院中计时器的美称（参见汪广洋《光孝寺》诗解）。

在最后两句里，诗人向定光和尚深表感谢：

我自己也觉得真是奇怪，我这个早已远离了佛教的人，在这一夜，竟然忘却世情，对佛禅的兴致如此之深！

诗人以"逃禅客"自比，意思是说自己虽然向心佛禅，却身在仕途，不能摆脱尘世的罗网，这颇像是那些破戒的佛教徒。杜甫在《饮中八仙歌》里，曾经这样描写道:"苏晋长斋绣佛前,醉中往往爱逃禅。"说的就是当时名流苏晋,平日持斋奉佛十分虔诚,但当他饮醉了酒,就把持斋丢在脑后,什么都可吃得了。

定光上人不知是谁,他是一位老者,中年长者,还是一位少年得道的僧人?诗中都没有说及。在诗中,诗人只是表达了他的感受,而读者则已经对定光上人,对他的风采言谈,不禁心向往之。定光上人就是一束温柔、明澈的秋月之光,轻轻地、不可磨灭地印在诗人心中,也给读者以亲切的、美好的印象。想来,这也就是诗之题为"秋光"的缘故吧?

作者简介

冯昌历,字文孺。广东顺德人。明神宗万历二十八年(1600)举人,曾任宝坻令。

李之世:步月过天宁寺时僧有扫室相留者索笔赠之

榕阴下夕霁,殿角引微凉。片月流空梵,飘风洒异香。僧悬半夜榻,净扫一间房。我亦原无系,江干信短航。

诗人乘着月光,趁着夜凉,到天宁寺散步。庙里有一个好客的和尚,打扫净室,挽留他歇上一宿。诗人没有接受邀请,却向他要了纸笔,写下这诗答谢。

诗虽是随手而作,但写来得心应手。

起二句写诗人抵达寺院。

傍晚时下过雨,在黄昏的暗昧中,榕树正舒展开浓浓的树荫。

殿角的烦热经过雨的洗涤,透出了微微凉意。

次二句写他在寺院中流连。

月亮的光辉,和僧人唱经的梵音,在空中游荡。

晚风阵阵吹来,把草树的清香、礼佛的薰香搅和在一起,是那样奇妙,又令人舒畅。

诗人从视觉、触觉、听觉、嗅觉,多个方面描写,引导我们和他一起步入到天宁寺夏夜,那个幽静玄妙的氛围之中。这是一种自然与人文的契合,令人摆脱尘世的纷扰,体会到无忧无虑的乐趣。

僧悬半夜榻,净扫一间房。

诗人与寺里的和尚攀谈起来,而且谈得十分投契。虽然诗中,这一点被完全省略,从寺院环境描述,径直转入僧人扫榻留宿。但僧人的行动,足以透露了双方的融洽。诗贵含蓄,而突出留宿,又是为了表示谢意。

在诗的结尾,他婉转地辞别:

我亦原无系,江干信短航。

天宁寺靠在江边,诗人大约是坐船而来的,终于又坐船归去:"我本来也是个于世一无挂碍的人啊!"无系,既指诗人所乘的渡船,又暗喻自己认同佛理之"无挂碍"。古诗评主张"羚羊挂角,无迹可求",这诗的结尾,庶几近之。

作者简介

李之世,字长度,号鹤汀。广东新会东亭人。明神宗万历三十四年(1606)举人。晚年始就琼山教谕,迁池州府推官。未几移疾罢归。著作极多。

何南凤:结盘谷庵书怀

古人事船居,宁复问地利。烧骨散清流,不为身后计。只缘道者心,偏与山川契。空谷足烟霞,死生皆惬志。把茅盖却头,善养浩然气。

盘谷,这名字本出大文豪韩愈的一篇文章,叫做《送李愿归盘谷序》。文章里说,盘谷是太行山一处山窝。诗人采用它来命名自己修行的茅草房,自然是有他的深意的。

本来,韩愈在文章里,叙述他的朋友李愿选择隐居,是因为看破世俗官场中的污秽,觉得不如回归自然,无拘无束:

穷居而野处,升高而望远。坐茂树以终日,濯清泉以自洁。采于山,美可茹;钓于水,鲜可食;起居无时,惟适之安。

诗人取名"盘谷庵",应该也含有与李愿相近的向往。不过,他所作的这首诗,其中表达的怀抱,又自有诗人自己的特色。

要知道,何南凤是一个"畸人"(按,即特立独行的人)。他十五岁时,一天忽然剃了头发,要做和尚。经父亲苦苦劝说,才重新还俗,考上了举人。但是上京参加会试时,半路遇上从黄山来的普门禅师,两人交谈之下,十分投缘,于是又决意出家。他一生亦儒亦佛,并糅合佛儒自创了一个"横山堂"的佛门流派,在客家人中颇有影响,粤东、闽西南,直到东南亚都有他的信奉者。

这首述怀诗,可以让我们窥见何氏思想的一斑。

诗的前四句,从古人对居处与生死的态度说起。

诗人说:古时候,人们住在船上,到处漂泊,没有选择宜居好地方的习惯。他们死后,把尸体烧掉,往水里一撒了事,从不考虑葬个风水宝地,让后世子孙升官发财。

何氏这个关于古人风俗的说法,是他自己编造,抑或真有根据?不好说。不过,岭南有一种水上居民,称为"疍家",的确是过着这样的生活。

疍家的起源无从考究。一说是由广府、客家分出的,早期到达珠三角的南方汉族人;一说是岭南远古的水居少数族。有民歌这样唱:"沙田疍家水流柴,赤脚唔准行上街。苦水咸潮浮烂艇,茫茫大海葬尸骸。"值得注意的是,焚烧遗体、把骨灰撒于河中的印度风俗,也流传于佛教中。而这个习俗与中国儒家"慎终追远",崇拜祖先的传统习俗,则可说是背道而驰的。

接下来的四句,与李愿的描写就比较相近。所不同的,是诗人突出了"道者"和"生死"的问题。

道者,也即信仰道家思想的人。三国魏晋时代,士大夫中信仰道教和道家思想的风气很盛行,田园诗人陶渊明就是一个代表。他弃官回乡隐居,住在庐山脚下,当时高僧慧远住持庐山东林寺,专门办了一个"莲社",向士大夫宣扬佛教,倡论信佛,死后可以转生西方极乐世界。但陶渊明却不肯参加。他写诗说:

三皇大圣人,今复在何处?彭祖爱永年,欲留不得住。老少同一死,贤愚无复数。……甚念伤吾生,正宜委运去。纵浪大化中,不喜亦不惧。应尽便须尽,无复独多虑。

陶渊明认为,人死归土,即归于大自然的循环变化之中,因此无须忧虑。诗人在这几句诗中,也有着类似陶渊明的、属于道家的思想。

何氏对陶渊明是相当推崇的。他曾经依照陶氏自述其志的《五柳先生传》,写过一篇《半僧先生传》,可以为证。

最后的两句,诗人又回归儒学,"善养浩然气",正是取于《孟子》的"吾善养吾浩然之气"。在这里何氏把他结茅庵从事禅修,说成是"养浩然之气",其实是企图把佛禅和儒家打通。正如后人评论所说:"何南凤从儒入释,以释证儒,虽弃儒而终不忘儒,虽出家而终想家,认为儒与佛有许多相通的道理。"

作者简介

何南凤(1587—1651),字道见。广东兴宁人。明神宗万历四十三年(1615)举人。性最颖异,十五食饩,即落发逃禅,父心吾明经苦留之,乃还俗,领举人。会试燕京,遇黄山普门禅师,谈论相契,遂决意出家。游齐鲁吴越山水,禅盟诗社,遍相印证,远近皈依者甚众,号牧原和尚。尝居平远文殊、龙川石岭、罗浮祥云、萧岩同峰,及闽之汀杭诸刹,晚栖豫章普济,其徒迎归兴宁。明桂王永历五年(1651)正月,忽作偈别大众,复还普济,六月六日,沐浴更衣,端坐而逝,年六十四。

程可则:过海幢寺访阿字丹霞大师

阿公昨日一苇至,语我山中近时事。池荷花满澹师来,好向山中采莲子。我别海幢四十日,澹师契阔情非一。见语能令逸兴飞,看山便刺渔舠出。渔舠过海海不热,入门便觉荷香发。澹师执手竟无言,但向青天指明月。

远从东晋开始,佛门僧人和世俗读书人之间,就有密切的交往,并且留下许多佳话。这种包含着中印文化交流的活动,后来产生了影响巨大的成果。中国士大夫逐渐由儒道兼修,发展为儒、道、释(佛禅)兼修。中国的文化传统,也从汉朝时候的独尊儒术,发展为唐宋以后的儒、道、释三教并宗。

相传东晋时,庐山东林寺慧远法师,是当时名声远播的一位高僧,许多人都慕名来访。东林寺前有一条山涧,名叫虎溪,慧远送客,到寺门止步,从来不过虎溪。一

天,田园诗人陶渊明和道士陆修静应邀来寺,三人谈得很融洽,直到分手,还是谈论不休,不觉之间,慧远送过了虎溪。这时,溪谷中传来一声虎啸,三个人被它提醒,不觉相对开怀大笑。这就是佛门相传的"虎溪三笑"的故事。不管这事是真是假,值得注意的,是这个故事正暗示了儒、道、释三教和谐的理想。

眼前的这首诗,写的也是儒生与和尚之间的交情。

作者为"岭南七子"之一,是一位在岭南诗坛颇有名气的读书人,而他前往海幢寺拜访的阿字、澹师,则是两位岭南高僧。阿字,又称今无,当时是广州海幢寺的住持(参见本书的"释今无");丹霞大师,即诗中的澹师,法名今释,字澹归,是韶关丹霞山别传寺的开山。澹归和尚俗姓金,原籍浙江仁和,明朝崇祯十三年(1640)进士,曾任山东临清州的知州,明亡,参与南明永历王朝抗清,因为刚直而遭受迫害,遂剃发出家。两人都是天然和尚的弟子。

这首诗,记述了三人的一次聚会。

先是阿字由珠江南岸的海幢寺,乘坐小船过江北,来找诗人,告诉他澹归和尚由丹霞来广州,并住在海幢寺的消息,邀约诗人过寺一聚。阿字还说寺中池塘的荷花开得正好,请诗人顺便到寺一同赏玩。

阿公,即阿字的尊称。一苇,一条小艇,借用"达摩一苇渡江"的典故。(参见杭世骏《达摩井》诗解)山中,指寺院,佛教以佛门以外为尘世,故称寺院为山中。

诗人不到海幢寺已经一个多月,不知道原来如今荷花盛开,早就欣然向往。加上与澹归和尚久未相见,追忆当日澹师议论风生,令人逸兴遄飞的情景,思念之情更加迫切。

于是,到第二天傍晚,约定的时间,诗人叫了一条快船,向寺院进发。

广州人习惯把珠江称为"海",江边唤作"海皮",江中小岛名叫"海珠",渡江叫做"过海"。这大约是因为,在很久以前,珠江出海口就近在广州一带的缘故吧?

诗人写道:

虽然是夏天,珠江上晚风吹拂,把日间的酷热吹个干净。

到了寺门前,下船登岸,刚跨进院门,便有阵阵荷花清香,扑面而来。

澹归和尚也出来迎接,老朋友手拉手,互相打量,却不说话。

这个往日谈笑风生的家伙,只伸起他的右臂,

向夜色昏暗的天边,指指那正升起来,发出银光的一片明月。

诗人的镜头戛然而止,定格在澹师的手指和它指示着的月亮。这是什么意思呢?

直观地说,这是在向诗人表示,我的心就是这珠江上的月亮,一直在俯视着你啊!或者,如同张九龄《望月怀远》诗句所说的:"海上生明月,天涯共此时。情人怨遥夜,竟夕起相思。"——我就是那样,每当山中月亮升起,就惦记着海边的你啊!

除此之外,这里其实还深藏着一个佛教典故:指与月。

月,代表道;手指,代表引导人悟道的工具。在修行时,一定要弄清楚,不要把

那用来启发智慧的种种方便，包括经书、仪式、开讲，直至佛祖本身，误当作就是道。六祖在《坛经》里讲得明白：

佛是自性作，勿向心外求。

所以，无言——不落言筌，指月——示以禅宗正法。在诗人看来，这便是澹归禅师赠予他的、最佳的见面礼。

作者简介

程可则（1624—1673），字周量，号石臞。广东南海人。清顺治九年（1652）会试第一，历任兵部职方郎中、桂林知府，以敏干称，卒于任。诗文俱擅，为"岭南七子"之一，又与王士禛等合称"海内八家"。

陈子升：新州国恩寺是六祖故居

无生向师学，师是此中生。树觉菩提长，山经獦獠行。归鸦临寺黑，激水叩钟清。我自虞园至，维桑空复情。

国恩寺，在今广东新兴县。六祖父亲被流放岭南，定居新州，便在此地。据《坛经》说，国恩寺原是六祖故居，唐中宗赐名，武则天亲书"敕赐国恩寺"匾额。六祖于圆寂前一年，命门人往国恩寺建塔，次年夏天塔建成，六祖由韶关南华寺移居于此，并在此坐化。《坛经》记载：

大师八月七日忽谓门人曰："吾欲归新州，汝等速理舟楫。"大众哀留甚坚，师曰："诸佛出现，犹示涅槃。有来必有去，理亦常然。吾此形骸归必有所。"众曰："师从此去，早晚可回？"师曰："叶落归根，来时无口。"

由此可知，六祖对故乡——父母之邦的感情，是甚为深切的。由此又可知，此寺原是六祖对身后事的安排：他把故居舍为佛寺，并起名为"报恩寺"，借此向世人传达孝敬父母的道理。他又预先修墓（佛教称之为"塔"），准备圆寂之后归葬于此。所以我想，最初的国恩寺是很简朴的，就是一个普通人家的住宅，院子里带有六祖自备的墓室。这种家宅连带墓地的居住方式,现在岭南的农村仍可见到。至于今日国恩寺这样规模的、唐代寺院特色的建筑,应该是后来人们为纪念六祖而建造的。

诗人来游,大约在明末清初,距今三百余年,我们在诗中,可以一瞥当时国恩寺的情景。

首二句从寺本为六祖故居说起。

无生,这里作佛法的代称。诗人说:

我向六祖学"应无所住而生其心"的佛理,今天来到了六祖诞生的地方。

他借"无生"和"有生"字面的背反,设置成禅宗里常用的"机锋",一出手,就令人产生警醒,肃然而起恭敬之心。

三、四句,概括六祖生平。

诗人拈出"菩提树"和"獦獠"两个特定的事物,一个指六祖与神秀对偈,其中用"菩提树"作比喻,来表达对佛法的解悟,结果获得五祖印可,传授衣法的事。一个指六祖初见五祖时,两人的对答:

弘忍和尚问惠能曰:汝何方人,来此山礼拜吾?汝今向吾边复求何物?惠能答曰:弟子是岭南人,新州百姓,今故远来礼拜和尚。不求余物,唯求作佛。大师遂责惠能曰:汝是岭南人,又是獦獠,若为堪作佛!惠能答曰:人即有南北,佛性即无南北。獦獠身与和尚不同,佛性有何差别?

这两件事,都显示出六祖的思想境界,也是他之能够成为禅宗第六代祖的标志。

五、六句,转写寺院环境。

天渐昏黑,栖鸦纷纷飞回到树梢的巢中;一条小溪从寺前流过,水的喧响和寺院的晚钟声在空中交缠激荡。

末二句,写自己深切的怀念之情。

虞园,即广州光孝寺,那是六祖首度现身披剃、登坛说法的地方。这里代指广州。

维桑,指故乡。语出《诗经》:"维桑与梓,必恭敬止。"因为六祖在丧父之后,曾随母亲迁居南海,与诗人同乡,故他这样说:

如今我来到这里,拜望乡贤,满心怀着无限景仰之情。

千余年来,虽然历遭劫难,国恩寺却连同武则天手书的匾额,一直保存至今。六祖的塔是没有了,但寺中有一棵相传为六祖手植的荔枝树,高十余米,枝叶婆娑,生意盎然。

作者简介

陈子升(1614—1692),字乔生,号中洲。广东南海人。子壮弟。年十五应童子试,补诸生。与黎遂球、陈邦彦等以文章声气遥应江南社。明福王弘光帝立,以明经举第一。明唐王隆武改元,赴闽,授中书科舍人。使粤而闽陷,遂归里。明桂王永历帝立,复往奔之,拜吏科给事中,迁兵科给事中。清兵攻袭肇庆,永历帝西奔,子升追之不及，久之乃归。晚入庐山归宗寺，受戒于函昰。归后杜门不出，未几而卒。

汪广洋：光孝寺

花覆禅房记漏迟，妙香浮动碧莲池。月明风细菩提落，想是南能出定时。

诗人曾任广东行省参政，驻节羊城。这首诗，当是其时游览光孝寺所作。从诗中，可以知道，诗人在寺中留宿，亲身体验到光孝夜色的优美清闲，并触发了追怀先贤六祖的思古之幽情。

光孝寺，是岭南的一座著名古刹。在广州，流传着"未有羊城，先有光孝"的说法。寺院的所在地，最初是南越王赵佗之孙赵建德的府邸。三国时，吴国人虞翻被贬岭南，那时府邸已经败落，他就借居于此，讲经授徒。虞翻去世以后，他的家人把住宅捐献给佛门，建造寺院，名叫制止寺。到东晋的时候，有罽宾国高僧昙摩耶舍驻锡于此，主持兴建大雄宝殿，并把寺院改名为王苑朝延寺，又称王园寺。光孝寺称名的确立，是在南宋绍兴年间。而最著名的事件，是六祖慧能在这里出示传衣，公开身份，接受剃度并登坛讲经，创建佛教禅宗的南宗。

史书记载汪广洋"工为歌诗"，称赞他诗写得很好。从这首诗看，的确名不虚传。诗的开头回顾在寺中过夜。

留宿的僧房，周围有花树掩映覆盖，至今记得，那一夜与住持僧倾谈，睡得很晚。

漏，一种古代计时器，也称铜壶滴漏。天将晓时，壶中水竭，故滴漏声也迟缓下来。

第二句写寺院有莲花池。

躺在床上，闻到了阵阵清香，那是风从碧莲池吹来，顺带把花的香气也送过来了。

这句与前一句虽然都写在室中之所感,但诗人由花香引出一笔,带领读者走了出去,到寺院中莲花池畔,去欣赏那一片幽静芳馨。

第三句写寺院中的菩提树。

柔柔的夜风,明澈的月光,透过窗户来陪伴我。间或还听得一阵碎响,啊,那是菩提树籽掉落地上……

仍然是室中的感受,仍然写室外的光景。诗人这次捕捉的,是寺院的象征之一。光孝寺的菩提树,传说是生于印度,由僧人智药三藏带来的。诗人用静夜中树籽落地的微音,轻轻提点,既空灵又含蓄。

诗的最后一句,顺势写出诗人的感想。

忽然心念一动,想到当年六祖在这寺中驻锡,在坐禅入定结束之时,也就是这样的一片清幽灵妙,异香流动,精光朗照吧?

"南能",指六祖慧能。五祖圆寂之后,禅宗传人神秀在北方传法,六祖在南方传法,故当时号称为"北秀南能"。

这诗写光孝寺,28个字中,写了寺院的环境,写了寺院具代表性的菩提树和六祖,却以夜宿的情景一气笼罩之,能够既不流于空泛,又不过于蹈实,手段之高,真可谓举重若轻!

作者简介

汪广洋(?—1379),字朝宗,江苏高邮人,明初诗文家。流寓太平(今安徽当涂)。元末进士,通经能文,尤工诗,擅隶书。明洪武元年(1368),命理山东行省。洪武二年(1369)参政陕西,三年(1370)召为中书省左丞。为杨宪所诬,徙海南。杨宪诛召还,封忠勤伯。出为广东行省参政,十年(1377),拜右丞相。十二年(1379),受胡惟庸案牵连,被诛。

杭世骏:达摩井

香厨不逢僧,日落俯鉴井。苔瓷含古春,铜瓶乏修绠。莫

轻尺水波，曾照渡江影。

达摩井，在广州光孝寺中，又名洗钵泉。关于达摩井，有这么一个传说：

达摩初来，指其地曰："是下有黄金，取之不尽。"民争挖之，深数丈，遇石穴，泉水迸涌而无金。人以为师诳，师曰："是非可以斤两计者也。"

想挖黄金的人，懊悔之余，指责达摩祖师骗了他们。达摩说："黄金可以几斤几两来计算。这井水之有益于大众，是不可以斤两来计算的。它的宝贵，更胜黄金啊！"

达摩井因此充满了祖师的智慧，也成为光孝寺的胜迹。

且来看看诗人怎么描写它：

傍晚时分来到寺院的厨房，才知道遇上"过午不食"。

厨房内一个和尚的影子也没有。

过午不食，是佛门的规矩，佛教认为：清晨是天食时，即诸天的食时；午时是佛食时，即三世诸佛如法的食时；日暮是畜生食时；昏夜是鬼神食的时候。但是汉族禅宗主张僧人从事生产劳动，不能不吃晚饭，许多寺院根据实际情况，开了过午不食的戒。当然，佛门也有习惯，就是俗语所谓"同台食饭，各自修行"，随各人的意愿，因此坚持守戒，过午不食的僧人也不在少数。

我于是走到达摩井旁边，低下头向井中探看。

井壁用瓷片铺设，长满青苔，浮荡着古老的、春天的气息。

井台边放着一只打水的吊桶，却没有系上绳子。

铜瓶，古代一种汲水吊桶的称名。杜甫有《铜瓶诗》曰："乱后碧井废，时清瑶殿深。铜瓶未失水，百丈有哀音。"写唐代宫中用铜瓶汲井水。诗人在这里只是借用，不是说光孝寺里真用铜瓶来汲水。吊桶之所以未系上绳索，是因为井不深，伸手就能够得着的缘故。然而，诗人即由此触发起议论来，他说：

莫轻尺水波，曾照渡江影。

传说达摩祖师渡江北上前往少林寺时，在江边折了一根芦苇作船，踏在芦苇之上渡过长江。这就是著名的"一苇渡江"的故事。现在少林寺中，还保存着记载这个故事的石刻。

诗人说：

可别因为这井水浅，就瞧不起它。

要知道，它曾经常常映照出，达摩大师的身影，

那个曾以一苇渡江的朗朗英姿啊！

如果只看诗的前四句，那么，这可以是任何寺院中的水井。有了最后两句，则此诗所写非光孝寺达摩井莫属。所以它们是不可或缺的。更何况，用前四句营造的幽静，和后二句赞叹的雄伟，互相映发，使人读来撼动心魄，激起一种崇高的美感。

试到达摩井畔去朗诵一下这首诗吧，你当会与平常游览时，感受大不相同。

作者简介

杭世骏（1695—1773），字大宗，号堇浦，仁和（今属浙江杭州）人。清雍正二年（1724）举人，乾隆元年（1736）举鸿博，授编修，官御史。因上疏言事，遭革职，以奉养老母和攻读著述为事。乾隆十六年（1751）平反，官复原职。晚年主讲广东粤秀和江苏扬州两书院。

杭世骏：风幡堂

妙义析风幡，域外见宏想。前楹覆莲池，后阁架榆桹。夕鸟下斋廊，迢迢送清响。

风幡堂，也是光孝寺的建筑，是为纪念六祖而设。此堂已经毁坏，我们今天唯有从古人的诗文中去领略和想象它了。

风幡堂的得名，源于六祖的一件故事。据《坛经》记载：

（惠能）一日思惟，时当弘法，不可终遁。遂出。至广州法性寺，值印宗法师讲《涅槃经》。因二僧论风幡义，一曰风动，一曰幡动，议论不已。惠能进曰："不是风动，不是幡动，仁者心动。"一众骇然。印宗延至上席，征诘奥义。见惠能言简理当，不由文字。宗云："行者定非常人。久闻黄梅衣法南来，莫是行者否？"惠能曰："不敢。"宗于是作礼，告请传来衣钵，出示大众。

这是六祖遵五祖教诲，隐姓埋名一十五载之后，现身世间进行弘法的一段因缘。传说他先是到光孝寺中当杂工，等待时机。这一天，住持印宗法师开讲，坐中有两个僧人，因为寺院里树立的幡竿发生议论。其中一个说："是因为有风，所以竿上的幡才飘动的。"另一个说："不对。是幡自己飘动，与风没有关系。"两人各执一词，争论不休。这时，六祖见机缘已到，就站出来说："你们都不对。我看，既不是风吹动了幡，也不是幡自己动，是两位仁者的心动了啊。"六祖这番话，直指本心。两位僧人被六祖喝破，回想"风动"、"幡动"终归是外物，而由于自己心性不净，为之徒作口舌之争，登时无话可说。而众人正为二僧的争论所迷惑，忽见平日不起眼的杂工出来当头棒喝，也为之大吃一惊。后来，这个"风幡之义"的故事，成为寺院中的美谈，以致后人建造风幡堂，来纪念六祖。

诗人咏"风幡堂"，开头两句也是说这个故事。"妙义析风幡"，即指六祖的棒喝。"域外见宏想"，是称赞六祖这么一个岭南獦獠（按，即未开化的野蛮人），竟然能够有那样宏伟的思想。域外，即国外，这里指岭南。诗人是浙江仁和人，从当时江南人的观念看来，岭南是一块尚未受中华文明开化的蛮荒之地。

诗的后四句，具体地描写了"风幡堂"的景致：

第三句，说堂的门前有一口莲花茂盛的池塘。

第四句，说堂后阁楼栽种有枝叶交加的榆树、槲树。

第五、六句，描写黄昏时分，连接风幡堂和斋堂的长廊，常有鸟雀飞来觅食，发出唧唧喳喳的响亮叫声。

诗人描写得这样具体，而且绘声绘影，如果将来兴复风幡堂，这诗也是一个很好的参考呢。

张琳：发塔

受戒净华鬘，贮塔千年久。五蕴本皆空，一毫亦何有。

发塔，又名瘗发塔。在广州光孝寺内，菩提树侧。

六祖慧能当年在湖北黄梅五祖弘忍处受传衣法，即南逃隐藏十六年，后来在光孝寺现身说法，在菩提树下剃度受具足戒。过了若干年，寺僧释法才将六祖头发瘗藏树侧，并募缘建塔。释法才又写了《瘗发塔记》，称美塔："八面严结，腾空七层，端如涌出。"现在我们到光孝寺，仍然可以瞻拜到这秀丽的塔姿。

诗人当年游览寺院，写下一组绝句，题咏院中名胜，这是其中一首。

诗的前二句写塔，说当时六祖披剃受具，剃落的头发埋藏塔内，至今已经有千年

之久。

华鬘，是以丝线联结的花串，作为颈饰，或挂在身上，原是印度民间风俗，佛教传到中国后，被作为供佛的庄严用品。诗人在这里用来比喻六祖的头发。

诗的后二句，是诗人因发塔而触发的议论。诗人说，既然佛教经义，认为世间的一切都不过是梦幻泡影，过眼云烟，那么，六祖的头发又算得了什么呢？它的一丝一毫，不也都应视为空虚？而人们建塔保存它，岂不有违本教宗旨？

"五蕴"，佛家语，指虚幻不实之种种外相或心念，又分为色蕴、受蕴、想蕴、行蕴、识蕴，合称五蕴。

诗人的发问，当然并不是要否定发塔，认为应该把它拆毁。本来，世间万物，有成有毁，而正因为这成就与毁灭，使人认识它们虚幻不实的本性。佛教即是借此说法的。

真空与妙有，本来就是并行不悖的。人们由瞻仰发塔而怀念六祖，又由怀念六祖而去读《坛经》，了解六祖的思想。发塔是可见的，而思想则不可见。这岂不也是妙有和真空共存互通的一个很好的例证么？

作者简介

张琳（1770—1825），字逸芳，号玉峰，广东顺德人。清贡生，历任德庆、海阳、饶平训导。

梁佩兰：菩提树

嘉树传西域，胡僧手自栽。虞园曾一见，端水至今来。叶响通僧梵，枝高拂镜台。几时明月下，清影共徘徊。

这首诗咏的是广州光孝寺里的菩提树。

传说南朝梁时，有西域胡僧智药三藏从印度带来菩提树苗，种于寺中戒坛侧。智药又预言说，一百七十年后，当有大乘菩萨于此树下受戒。后来六祖在光孝寺出示衣

法,并在这树下剃发受戒,应验了这一预言。

清嘉庆年间,老树枯死,寺僧于是往六祖真身所在的韶关南华寺,取菩提树孙枝一株回来,补种于原处。现在这棵菩提树就在六祖发塔旁边,枝叶扶疏,翠色参天。

诗人写这首诗时,老树犹在。

诗的开头,交代了菩提树的来历。三、四句写虽然只见过一面,却至今不忘。五、六句写树与寺院融为一体的情景。最后是诗人的怀想,希望有一天能够和树像朋友一样散步闲谈。

西域,这里泛指佛教发源的中亚地区,包括新疆直至印度在内。传说智药三藏是从海上丝绸之路来,故由广州上岸,与达摩初祖来中国的路线相同,而并不是从新疆的陆上丝绸之路。

虞园,即光孝寺。因为这地方最初是南越国贵族的宅邸,以后,三国时吴国的名臣虞翻因罪流放来岭南,曾经在这里居住讲学,被人们称为虞园。

端水,意指海水。语出《庄子·秋水》:河伯沿河而下,来到海边,他"东面而视,不见水端"。也就是说,他向东边望去,看不到海的边际。诗人因为诗句平仄格律的要求,把"水端"倒过来,称为"端水",又借庄子文章里的原意,把它作为"海水"的代称,并以之隐喻佛教。"端水至今来",意思是说佛教一直不断地由海上传播到中国来。

"叶响"句,描写菩提树叶发出的响声,与寺中僧人唱经的歌声交互融合,连成一片。

"枝高"句,借用了六祖著名的偈语:"菩提本无树,明镜亦非台。本来无一物,何处惹尘埃。"所以这句已经不是写实景,而是兼有禅理在内的。

菩提树,原产于印度,名荜钵罗树,传说释迦牟尼在此树下修行并悟道,佛教徒于是给它起了菩提树这个名字。因为——"菩提"就是"觉悟"、"智慧"和"道"的意思。

作者简介

梁佩兰(1629—1705),字芝五,号药亭,又号柴翁。广东南海人。清康熙二十七年(1688)进士,官翰林院庶吉士,未几去职还乡。一生专力为诗,长期主广东诗坛,为清初"岭南三大家"之一。

叶廷枢：海珠寺晚眺

　　一寺浮珠海，登临爱晚晴。水平三浪石，烟暗五羊城。楼下江如洗，天边月始明。四围渔火乱，人语杂歌声。

　　海珠寺，五代南汉时所建，又名兴圣寺、慈度寺。因寺建于珠江中一座被称为海珠石的小岛之上，后来改名海珠寺。

　　宋初，广州诗人李昴英与僧人鉴义捐资重修，成为羊城八景之一"珠江秋月"的核心风景。寺院大约毁于明末，清朝时曾以海珠岛作炮台，民国初辟为海珠公园，以后因为修筑长堤，又将岛石埋没，如今已经不可复见了。

　　叶氏的这首诗，颇真实生动地描述了清朝时候海珠寺的景色：

　　诗人登上海珠寺的楼阁，已是傍晚时分，他放眼四顾，但见上涨的潮水，把珠江涨得满满的，江心的三浪石在波间若隐若现，而暮烟笼罩下的五羊城一片昏暗。

　　阁楼下便是江，江水澄澈，拍击着岛石，发出阵阵喧哗；回望东边，初升的月轮开始发出明亮的光辉。

　　渐渐地，艇上的渔火从江上聚拢过来，听得到那上边人们的说笑声，还有歌伎们在柔柔地唱着小曲……

　　此诗首句的"珠海"，并不是邻近澳门的现在的珠海市，而是指珠江。广州人习惯把珠江叫做"海"，渡江叫"过海"。这大约是因为在远古时候，广州曾经是珠江出海口的缘故吧？

　　三浪石，珠江中的小岛，就在海珠石附近，清咸丰年间曾被用作导航灯塔基础，现已不存。

　　五羊城，即广州市，传说周朝时，有五位仙人骑羊从天上降临广州，手持稻穗，口祝："愿此地永无饥荒。"因此而得名。

作者简介

叶廷枢（1752—约1808），字冠芳，号竹庭。广东南海人。贡生，省试不售，遂绝意仕途，遍游粤中，穷其幽胜。晚居广州。好吟诗，擅画，知医。

吕坚：雷峰寺

山凹木末海云寺，木棉插天云欲红。我来花事尽三月，僧立板桥怀好风。翻缺金瓯供佛子，漫留玉带诧村翁。绮窗斜对碧流水，船到山门山色空。

雷峰寺，又名隆兴寺，五代南汉时所创。清初，天然和尚将它重加修建，更名为海云寺，成为岭南佛教中兴的重镇。海云寺在清末民初香火极盛，为当时"粤中四大丛林之一"。而数十年后，在抗日战争期间，遭受灭顶之灾。现在已经片瓦无存了。

海云寺在广州番禺雷峰山下，据番禺社区网，记者曾访问年近九旬的老人崔耀：

崔耀是员岗村的老支书，对海云寺研究多年，近年还专门走访了员岗村、陈边村的一些老人，与他们座谈、回忆，重绘了《雷峰山海云寺平面图》。据崔耀回忆：海云寺依山而建，坐西向东，占地十余亩，当时寺里住着几十个僧人，红棉高竖、古榕如盖，可清幽了，我们少年时候经常去寺里玩！我记得正门的门槛是"午夜钟声惊醒梦中之梦，澄潭碧彩照澈人外其人"。入正门后拾级而上，一进花园，中间是正殿，两侧是僧舍和斋客房，正殿中有围墙，中有一天井。正殿右侧有一庭院，北门上有一幅对联：番禺无二寺，雷峰第一山。

据记者称，现今遗址上还有一棵高十余丈的老木棉树。"山凹木末"和"木棉插天"，诗的首二句所说，正与这些回忆与踏勘相同，而诗人的描述，更加形象生动，惹人遐想。显然，高大的、岭南特有的木棉树，是海云寺自然风光的聚焦点。"木棉插天云欲红"，气象万千，令人神往！

暮春三月，百花凋谢，又正是红棉花开的时节。诗人也许是来践游寺之约吧？他

远远望见,那和尚朋友正站立在寺前的板桥上等候,和暖的东风吹拂着他的僧袍……我和僧,两边对峙,一边因花事尽而略感惋惜,一边是怀好风而殷勤有加,对峙中又含无限温情,诗人的笔,就这样撩拨着读者的观感。

"翻缺"两句,追忆大文豪苏东坡曾来游海云寺。

"金瓯",是当年东坡为寺前古道所起的名字——"金瓯古道"的省称。句意是说海云寺前有一条古道,曾经东坡题名。

"玉带"也是东坡的典故,传说东坡曾与好朋友、金山寺住持佛印打赌,结果输掉了玉带。这玉带便成为东坡与寺院的不解之缘,后人更在金山寺修筑"玉带桥"作为纪念。诗人这里是说寺院中有别致的石桥,令人惊艳。

自从苏东坡南来岭表,后世岭南的读书人对他深为景仰。广州的六榕寺、海云寺都因东坡曾游而沾光,海云寺又被称为"金瓯寺"。诗人专门述及这两件与东坡有关的故事,实际上是要表扬海云寺的不凡地位。

金瓯、玉带,当然也是对寺院景物的描写,但采用了典故的方式,而最后二句,则转为正面白描。

"绮窗",暗示诗人已置身寺院。从这里可以望见珠江,看到江上渡船过江、泊岸的情景。于是诗人回顾来寺的情形:

船到山门山色空

这句诗,既写了他在泊岸时仰望雷峰的观感,又借用"色空"这一佛家用语,表达了对海云寺给予诗人超尘出世的引导。

这本来是一首七言律诗,但诗人却运用了古诗的笔法,写得拗峭奇崛,令笔下的海云寺平添魅力,引人入胜。

作者简介

吕坚(1742—1813),字介卿,号石帆。广东番禺人。清乾隆间贡生,家贫,有大志,师事同邑张大进。益都李文藻见其诗文,奇之,由是得名。与张锦芳、黄丹书、黎简并称"岭南四家",然困于科场,终身不遇。

刘统基：六榕寺

不是眉山笔，谁人识六榕。天花无偈坠，古塔有云封。贝叶翻禅室，潮声应晓钟。萧梁今已矣，闲抚岁寒松。

六榕寺，原是广州城的地标，因为它有座高 57 米的九层佛塔。

从旧照片上看，寺院周遭都是民居平房，宝塔真如鹤立鸡群。试想当时的人们登上这座塔顶，就可以俯览整个广州城，以及城北的白云山，和城南蜿蜒而过的珠江。

六榕寺作为广州佛教四大丛林之一，就凭这座塔，隐隐然已可傲视同侪。因此，一直以来，广州人提到六榕寺，立即就会想到这塔。

六榕寺始建于南朝宋时，初名宝庄严寺。据说在南朝梁时，有个昙裕和尚从扶南（即现在的柬埔寨）请回佛舍利，经梁武帝诏许，在寺中兴建了一座木结构的六层宝塔，收藏佛舍利，塔就名为"敕赐宝庄严寺舍利塔"。几百年后，在南汉灭亡的劫难中，寺院和宝塔俱被焚毁。到北宋中重建寺院，改名净慧寺，塔改用砖砌，外 9 层，内 17 层。以后历代加以修葺，因为砖塔雄伟壮丽，民间便有"花塔"之称，并且沿用至今。

六榕寺的得名，也是民间先叫起来的，因为寺院里有六棵枝叶婆娑的大榕树。大文豪苏东坡被贬岭南，来游寺院，见到这种岭南特色的大榕树，深为叹赏。应寺僧的请求，他大笔一挥，题下"六榕"二字。借助东坡的名人效应，六榕寺的别号不胫而走，后来竟成了公认的寺名。

诗人在清乾隆年间写下的这首题咏，一开头，就指出苏东坡对于寺名"六榕"的贡献。

眉山，本是东坡的祖籍——四川省眉山市，用祖籍来代称名人，是古时候对其表示尊敬的做法。

这两句诗还隐含了一件事，就是寺院原来的六棵老榕，已于明洪武年间，由于寺

院的萎缩，被划出寺外，更一度归并到西禅寺中。后来，虽然寺院以"六榕寺"之名恢复，但六棵古榕未能回归。名存实亡，确是一件无可奈何的憾事。

第三句，借用维摩诘与文殊菩萨谈经，引来天女散花的故事，（参见释成鹫《谒憨祖肉身》诗解）感叹六榕寺久已不见高僧法会。

第四句，也是借说古塔云封，对六榕寺的衰落深表惋惜。

五、六句，描写寺院中的情景。寺院还有一直以来收藏的古老的贝叶经；寺外涨落的江潮也还与寺院早晚的钟声相呼应。

最后，诗人忍不住发出慨叹：

六榕寺在南朝梁那时的鼎盛辉煌，已经一去不返。

如今，我来游此地，唯有独自抚拍着寺中的老松，聊发思古之幽情罢了。

萧梁，即南朝梁，因为姓萧的当皇帝，故后人用这称呼。萧梁也是中国历史上以佛教为国教，十分尊崇佛教的王朝，故后人又用"萧寺"来称呼寺院。

据记载，清乾隆年间曾经对六榕寺作过一次重修，寺院复兴，"花塔"之名亦由此诞生。而诗人来游，大约是在此之前。

作者简介

刘统基，字未山，归善（今属广东惠州）人。清乾隆五十一年（1786）举人，博学能文，寓居广州教授生徒，四方从学者岁数百人。尝官阳江训导。

黄培芳：大佛寺观大佛头

诸天下霹雳，夜半迸山石。世间出世间，忽睹弥天释。庞然耸大首，佛中称巨擘。金身一丈六，尚未抵其脊。但觉墙及肩，谁能手加额。嗟彼虚有表，黄金耀喧赫。游戏幻三昧，几同腐鼠吓。

大佛寺，始建于五代南汉时，初名新藏寺。中间几经兴废，明朝时改名龙藏寺。

清初,平南王尚可喜出资重修,大兴土木,建高18米的大雄宝殿,供奉以精铜铸造的高6米重达10吨的三座佛像,故改名大佛寺。当时民间流传"人过大佛寺,寺佛大过人"的回文对联。

诗人游大佛寺,写了这首诗,来题咏寺中的大佛。他一方面为大佛的宏伟规模惊叹,一方面又对建寺的尚可喜之好大喜功表示讥刺。

诗开头四句,以浪漫的想象,描写大佛的出世:

天上雷鸣电闪,地上山崩地裂,于是大佛降临世间。

诸天,指护法众天神。佛经言:欲界有六天,色界有四禅十八天,无色界有四无色天,其他尚有日天、月天、韦驮天等众天神,总称为诸天。又用来泛指天空。出世间,指世间以外的各界域。世间出世间,略如佛经所谓"三千大千世界"。弥天释,也就是佛祖,以其广大无边,所以称"弥天"(遍满天空)。这里借指大佛,一般佛寺在大雄宝殿中供奉的三尊佛像,分别是过去佛燃灯佛、现在佛释迦牟尼、未来佛弥勒佛。

中间六句,极力摹写大佛之巨大。

它伸出一个大脑袋,在佛像中可算是个巨无霸!丈六金身的佛像,和它相比,还未达到它的背脊;殿宇的墙壁,也只勉强和它的肩膀一般高。仰观它宽阔的前额,我在心里想,如果能够到上面摸它一下就好了。

丈六金身,指佛变化身中的小身。《景德传灯录》里说到:"西方有佛,其形丈六而黄金色。"据史书记载,南朝宋时,有蜀僧人法成曾经据此,以数千人之力,铸造成丈六金身佛像。诗人这里是把它拿来和大佛作比较。

最后四句,诗人借着"谁能手加额"的戏谑,笔锋陡转,予大佛以否定。他说:

可叹这大佛虚有其表,脸上贴金,熠熠生辉,架子十足。铸造这样的东西,无非一场幻术游戏表演而已。依我看,它其实跟正在啄食腐鼠的猫头鹰没有两样,见人来了,还以为要与它争食,立即摆出一副吓人的架势来。

诗人何以对大佛作出这样的评价?我想,可能有两个答案:一是借以讽刺屠杀广州百姓的尚可喜,即使捐再多钱,造再大的佛像,也无法遮掩他的血腥罪行。还可以有一个解释,就是有感于一般人只会崇拜偶像,却不懂它其实也是一种幻相,于是写这首诗给人们以当头棒喝。

作者简介

黄培芳(1779—1859),字子实,号香石。香山(今广东中山市)人。清嘉庆九年(1804)副贡生,肄业太学,尝任乳源教谕、肇庆训导,加内阁中书衔。世居广州,家富藏书,早慧,好游,工诗文书画,与张维屏、谭敬昭合称"粤东三子"。平生著作甚多。

黄玉衡：宿白云寺二首

古刹隐苍苍，盘空磴道长。昙响静云意，山碧混天光。癯影一僧立，轻阴双鸟翔。虚堂无个事，饭罢短琴张。

暝坐仰青汉，松脂吹古香。萧然松际月，先我下回廊。露重钟声湿，风疏鹤梦凉。卧云吟亦冷，不独渍衣裳。

白云寺，在广州城北白云山摩星岭上，为宋朝转运使陶定所建，寺中有九龙泉。历经兴废，寺院今已不存，唯有九龙泉还在。

白云山南临广州城，主峰摩星岭海拔 382 米。晴天的时候，登上白云山，向南俯瞰城中，可以看见珠江如带，自城中蜿蜒穿过，一直伸向珠江三角洲，消失在天际，视野十分开阔，令人心旷神怡。九龙泉已被辟为休憩之所，人们游山之余，到这里饮茶乘凉，用九龙泉水泡茶，甘冽清爽，风味至佳。现在的白云山，成了市民日常生活重要的去处，每天常有数千人会聚于此，这确实是古人无法想象的。

诗人生当清王朝的盛世之末，虽然社会积累的问题严重，但表面上仍然维持着太平安乐的景象。诗人暇中到寺留宿，享受一下山中静谧清幽之乐。

前一首诗，从上山写起，到入寺居留为止。后一首诗，才是正写夜宿。这两首五言律诗，诗人原是当作一首来加以经营的。

先看第一首。

诗人沿着盘山道向上登山，抬头望去，只见白云寺高高在上，隐映在一片苍翠的树荫里。

终于到达寺门，听见敲磬诵经之声，仿佛就在白云之中，心情不觉也宁帖下来。小立松阴，向四处眺望，山林在明朗的阳光里，一片碧绿。

一位僧人站在门口，瘦瘦的身形。一双野鸟，在树荫下飞来飞去。这就是对我的

欢迎么？

山中无事，和尚们都散了，佛堂空荡荡的。我吃过饭，把随身带来的短琴取出，自己拨弄一番。

再看第二首。

我坐着，抬头向天，太阳落下去了，天色变得深不可测。黑暗中，浮荡着松脂的香气，令人想起寺院古老的岁月。

月亮，在不知不觉间也落到松树梢头，一副无精打采的样子。才一转眼，它索性丢下我，自己从回廊那边——走掉了。

钟声响起，是那么缓缓地，一下又一下，好像被浓重的晓露打湿了似的。拂晓的山风，冷冷地，一阵又一阵，巢在松树顶的鹤们，发出窸窣声——那是睡梦中的呓语。

我就躺在白云的怀里，一边忍受着清晨的寒意，一边在写这诗。而我的衣裳，它早已被露水湿透了。

我想也无须多言，相信所有喜爱旅行的读者，都能从这些刻画入微的描述中，体会到数百年前白云寺留宿的野趣，而为之悠然心往吧？

作者简介

黄玉衡，字伯玑，一字在庵，号小舟。广东顺德人。清嘉庆十六年（1811）进士，授翰林院编修，迁浙江道监察御史。诗文书画皆传家学，与张南山等合称"粤东七子"。

樊封：华林寺

典文充藏律三千，毕世探搜苦未全。一苇航来无字教，南宗从此衍空禅。

华林寺，也是广州四大丛林之一。据说当年禅宗初祖达摩来到广州时，曾在此地

建草庵传法，名叫"西来庵"。后人尊礼达摩，便将此地称为西来初地，并将草庵改建成砖木结构的庵堂。清顺治年间，住持僧宗符禅师将它改建，大兴土木，广修殿宇，扩地至3万平方米，并更名为"华林寺"。

华林寺最具特色的，一是五百罗汉堂，一是舍利石塔。石塔是康熙年间，为收藏释迦牟尼真身舍利而建，塔六面七层，高近7米，造工甚精，虽历经巨劫而不坏，至今安置在寺院中。塔基所藏舍利子以石、木、铜、银四层宝盒贮存，有铭文记载，说明内藏佛祖真身舍利（共22粒）的来历。五百罗汉堂，始建于道光年间，笔者小时候不止一次到堂内游玩，此堂"文革"中被毁坏，罗汉像悉遭焚灭。近年始得以复建。

另外，现在寺中还建有祖师殿，供奉禅宗六代祖师，亦是其与别不同之处。因此，也可以说，华林寺就是中国佛教禅宗的祖庭。

这首诗，即是以华林寺为题，专门咏叹由达摩开创的禅宗的。

诗的第一句说，佛教典籍很多，即戒律也很多。意思是说，解说佛教义理和佛门律法的文字浩繁众多。

第二句说，由于典籍文字太多，一个人穷毕生的力气去搜求、研究，也不能全部包揽。

第三句说达摩祖师传来了"不立文字"、"以心传心"的禅宗。

一苇，既借用"一苇渡江"的故事，（参见杭世骏《达摩井》诗解）以代指达摩，又用来指称达摩由印度航海来华。

最后一句说，由达摩开始，经过禅宗六代祖师的努力，破解了佛典众多，戒律繁复的困局，开出了中国佛教禅宗普度众生的新局面。

初祖达摩主张"不立文字，教外别传"，提倡面壁观心。

《金刚经》载佛言：

须菩提！汝勿谓如来作是念："我当有所说法。"莫作是念，何以故？若人言：如来有所说法，即为谤佛，不能解我所说故。须菩提！说法者，无法可说，是名说法。

六祖解释说：

本心元净，诸法元空，更有何法可说？执著人、法是有，即有所说。菩萨了悟人、法皆空，即无所说。是故经云："若有人言如来有所说法，即为谤佛。"

《坛经》中又记载六祖说：

一切经书及文字，大小二乘十二部经，皆因人置。因智慧性故，故然能建立。或若无智人，一切万法本亦不有。故知万法本从人兴，一切经书因人说有。

这就是说，佛典和戒律条文，都只是帮助人悟道的"过河之舟"，一旦悟道，就要舍舟登岸。死抱住佛典和戒律不放，不能把它们看破看空——"本来无一物"，那就永远也登不上觉岸。

作者简介

樊封（1789—1876），字昆吾，原籍沈阳，广州驻防汉军后裔。清道光年间阮元督粤时，尝使之编辑《三朝御制诗注》。

招健升：宿景泰寺

山光夜气白，籁寂松风馨。幽磬数声警，尘心终夕醒。灯花含宿雨，萤火乱飞星。触我无聊意，披衣坐草亭。

景泰寺，又名七仙寺，在广州市白云山北坡景泰峰的山窝中。其地名景泰坑，南朝梁时有僧人景泰禅师曾经在此结庵修行，因此得名。

宋天禧中始建寺，为白云山最古寺院之一。元朝时，"景泰归僧"为羊城八景之一，其影响可见一斑。清初，寺院开始败落，及至20世纪抗战期间，日本侵略军怀疑寺院帮助东江纵队的抗日活动，派飞机将其炸毁。现在寺院只残存门口石鼓、古井"锡得泉"，和光绪十二年（1886）地方官竖立的、用以保护寺院环境的《禁示碑》一方。

正因这缘故，招氏作于清咸丰、同治年间的这首诗，其中所描写景泰寺优美的夜晚，就令人觉得弥足珍贵——它可以帮助我们发挥想象，穿越时空，去漫游一番那个著名的景泰古寺。

更何况，这是一首本身也写得很好的诗。

诗人在白云山游览之后，独自留宿寺院之中——

太阳下山，天色全黑，但月色渐渐散布开来，

山林弥漫着雾气，被月光一照，便在黑暗中现出，白茫茫一片。

日间欢跃叫噪的鸟雀，如今悄无声息，连草间的鸣虫也默不作响，

只有松树枝头微风吹拂，把针叶的香气吹进禅房来。

太安静了，人反而睡不稳。寺僧在做夜课，

蒙眬中忽听得诵经的磬声，幽幽几下，整个人立时警觉起来，

于是，完全醒了。披上衣裳到走廊上去，

照夜的灯，被潮湿的夜气裹挟着。

噢，萤火虫可真不少！在草丛中，在树梢上，忽闪忽闪地乱飞，

连宁谧的星空都让它们给搅乱了。

看着看着，思绪也被这些小精灵弄得愈加兴奋，

我索性走到草亭上，坐下来，等待天明。

现在，如果你在夜里到白云山上停留，那么，吸引你的将不是小小萤火虫，而是广州城里的琼楼玉宇、照夜的霓虹和百万家灯火。毕竟，时代变了。

作者简介

招健升，字丽扬，号香浦，广东南海人。清诸生。少受学于名学者冯经。咸丰三年（1853）游广州，文坛知名人士张维屏、陈澧等均有诗词赠答。卒年八十六岁。

曹秉哲：冬至后一日偕友人游大通寺

未约冶春游，且玩残冬景。溪浅弃舟行，宛转得佳境。到门先闻香，香中隔诸岭。烟雨隐濛濛，中有千年井。晚花晴更妍，远山冷逾静。逢僧偶谈玄，禅理淡而永。同来五六人，闻钟我独警。市廛扰攘间，得此洵足幸。花埭与松溪，众妙归管领。他时拂袖来，割地拟陈请。但容室三椽，岂必由二顷。即今尽日留，尘襟俗缘屏。暮色苦催人，临别意耿耿。归路乘顺流，残日丽帆影。

大通寺，本是羊城八景之一"大通烟雨"的所在，而今天它已经毁坏不存。

大通寺始建于五代南汉时，初名宝光寺，由高僧达岸所创。据说达岸受南汉国王

刘铢委托，寻访适宜建寺之处，一天，因为避风，泊舟于芳村花地，发现此处风光秀丽，环境清幽，正是建寺的好地方。他向刘铢报告，于是便有了寺院的兴建，达岸也因此成为它的第一任住持。

宋代，宝光寺更名为"大通慈应禅院"，并且以"大通烟雨"入选羊城八景，成为著名的游览胜地。

中国的寺院向来历劫的多，所谓"重修庙宇，再造金身"的话头，即可见一斑。大通寺也不例外。它在明末毁于一场大火，清康熙年间重修，改名为"烟雨寺"。抗战期间，日本侵略军在当地修筑军事设施，寺院又遭焚毁，片瓦无存。

现在，我们只有在诗人笔下，来领略它的风采了。

此诗章法，以四句为一节，共分为七节。

"未约"四句，写冬日到大通寺游玩。

冬至，在广州习俗是很重要的节气，民间有"冬至大过年"的说法。这大约是源于唐宋，南宋人孟元老著《东京梦华录》中说："十一月冬至。京师最重此节，虽至贫者，一年之间，积累假借，至此日更易新衣，备办饮食，享祀先祖。官放关扑，庆祝往来，一如年节。"诗人一行选择冬至后一天出游，未尝没有去旧迎新之意。

大通寺在珠江南岸，有水道相通，诗人和朋友乘船从江北渡江，再沿水道而进，直至舍船登岸，抵达寺院。"佳境"二字，点出大通寺环境之美。

"到门"八句，正写游大通寺。

其中前四句，诗人特别拈出"烟雨井"，这是一口奇井，据说每逢天要下雨，便会有烟雾从井中蒸腾而起，故而被称为"烟雨井"。"大通烟雨"的得名，也与此有关。所以，这井乃是大通寺一处极为著名的景物。

大通寺虽然被彻底毁灭，但"烟雨井"于沉埋了几十年后，竟于近年得以重见天日。现在如果再到寺院的遗址去，就可以一睹她的芳容了。

后四句，诗人概括描述了寺院风光人文之美：

院子里开着花，在冬日的阳光下显得异样鲜妍。而悠悠远山，与花丛相比，却展示出一派十足冷静的情调。偶然遇上寺僧交谈，又领略到一种淡淡的、意味深长的禅宗理趣。

"同来"十二句，写游寺的感想。

其中前四句，诗人写自己游寺的心情：觉得从平日的世俗生活中，忽然来到此地，真有摆脱红尘扰攘，获得解脱的轻松之感！

后八句，写自己私心的期望：有一天能够到寺院附近来居住，体味作大自然主人翁的乐趣——"花埭及松溪，众妙归管领"。

花埭，是大通寺所在地的名字，因这里的居民以种花卖花为业而得名，直到20世纪50年代，这里仍然是广州市主要的鲜花供给地。

"拂袖"，是指辞去官职做个平民百姓的意思。

"割地拟陈请",是说向寺院买或租一块地。

"二顷",借用《史记》的典故,说苏秦被六国封为宰相,衣锦还乡,以往瞧不起他的人,都向他下跪,道贺。苏秦感慨不已,说:"如果当年我还有城外的二顷田,将甘心做个农夫,耕一辈子田,哪有今天啊!"诗人在这里说:"我不敢奢望二顷田,只要有三间房就满足了。"

最后四句,写离开寺院。

"归路乘顺流,残日丽帆影",上句是由大通寺回城里,船向东而行,所以是"顺流";下句是由船上回望,大通寺在西边,所以看见落日,和被它照耀的江上的帆影。诗人在寺院盘桓了一整天,归途中还恋恋不舍,大通寺的魅力,一至于此!

作者简介

曹秉哲(?—1891),字吉三。广东番禺人。清同治四年(1865)进士,改翰林院庶吉士,散馆授编修。光绪三年(1877)补江南道监察御史。历任甘肃兰州道,河南彰卫怀三府河务兵备道,补山东按察使,所致皆有声。

陈乔森:海幢寺

梵宇旷无边,四堵榕阴悄。群僧昼掩扉,重檐坠争鸟。

海幢寺,广州历史上的佛教"四大丛林"之首。它坐落在广州珠江南畔。不过,现在如果到海幢寺去,是无法理解诗中所说"梵宇旷无边"的感觉的。因为现在的海幢寺,其规模已经远不如前。

海幢寺,最初在五代南汉时,已经是寺院,当时称为千秋寺。但随着南汉灭亡,它一度废为民居。直到数百年之后,明清之际,经由几位僧人的努力,才得以重建寺院,取名"海幢寺"。

其中,今无即阿字禅师为修建寺庙,耗费了毕生心力,次第建成了大雄宝殿、地藏阁、藏经阁等一批殿阁,以及丛观、西禅、镜空等一批堂宇,还有僧舍、亭、宫等，共数十座建筑。

那时的寺院，北临珠江，南倚万松岭，占地面积为现在的三倍，气象庄严，秀丽清幽。在清康熙年间所刻《鼎建碑》中记载，有海幢八景，依次名为：花田春晓、古寺参云、珠江破月、飞泉卓锡、海日吹霞、江城夜雨、石磴丛兰、竹馆幽钟，成为当时人们游览的好去处。

了解以上的历史之后，现在我们来看看陈乔森的这首诗。

第一句，形容寺院之空阔。无边，又含有对佛境的称美，所谓"佛法无边"是也。

第二句，描述寺中多植榕树，其绿荫有如四面墙壁，把外间的尘俗喧嚣隔开，使寺院幽闲清静。

第三、四句，写眼前的光景。

正是当午时候，寺院里的僧人都静坐室中，并且关上房门。只有在那大殿、阁楼重重叠叠探出来的屋檐上，忽然掉下两只相争不休的雀鸟。

先写寺院空间的广阔，次写一片静寂的榕阴，最后写两只如顽童般的小鸟。诗人仿佛手中持有一部摄像机，把读者引进了海幢寺虚无缥缈、宁静悠闲而又生机活泼的境界里去。

他不过用了短短二十个字！

作者简介

陈乔森（1833—1905），原名桂林，字颐山，又字木公，广东遂溪人。清咸丰十一年（1861）拔贡，任户部主事。博学能文，主讲雷阳书院三十余年。工诗画，自成一格。